（嫌だ、やっぱりまだ
死にたくない……！）
誰か……っ、助けて……
ノルティマ・アントワール
意識が朦朧としてきたその直後、誰かがノルティマの手を掴んだ。
暗い水中でよく分からないが、
ノルティマの手をすっぽりと覆う節くれだった男の人の手。
？？？
もう苦しまなくていい。
俺の元へおいで。
――ノルティマ

Illustration 早瀬ジュン

選ばれなかった王女は、手紙を残して消えることにした。

曽根原ツタ

Illustration 早瀬ジュン

1

The princess who was not chosen decided to leave a letter and disappear.

contents

第一章　王女は崖から湖に落ちていく

婚約者のヴィンスは、妹のエスターと愛し合っていた。

アントワール王国を統治するアントワール王家には——女しか生まれない。というのも、その昔、王家は精霊たちを支配しようと湖の下に広がる精霊の国を滅ぼしたことがあり、以来王子がめっきり誕生しなくなったのだ。

女王を立ててなんとか王権を維持してきたものの、他の国々からは『精霊に呪われた王家』と密かに揶揄されている。そんな王家に、ノルティマは第一王女として生まれた。王位継承権は一位であり、次期女王として幼いころから厳しい教育を受けてきた。

ヴィンスは筆頭公爵家の子息で、従兄弟に当たる。そして、将来女王を支える次期王配——ノルティマの婚約者だ。

ある日、一日の王太女教育を終えたノルティマが講義室から自室へ移動していると、応接間から聞き覚えがある男女の声がして、廊下の途中で立ち止まる。

「んっ……ヴィンス様ったら、扉が開いているのにだめよ。誰か来るかもしれないわ」

「許してくれ、こんなにかわいらしいエスターが目の前にいて、自制が利かないんだ。人が来たら見せつけてやればいい。――愛している」

わずかに開いた扉の隙間から、ヴィンスがチェストの上に座るエスターの頬に手を添えて、口付けをしているのが見えた。恥ずかしげに頬を朱に染めて身じろぐ彼女の腰を攫《さら》って、逃げられないようにした上で、もう一度唇を押し当てる。

エスターも満更ではなさそうに、うっとりした眼差しで彼を見上げていた。

(嘘、どうして……)

――バサリ。驚いたノルティマは、抱えていた本の山を床に落とした。その音に気づいたふたりがこちらを振り返り、どきっと心臓が跳ねる。

「あー、お姉様？　もしかして今の……見てた？」

彼女はくすっと可憐に笑って、チェストの上から降りる。ヴィンスの腕に自身の腕を絡ませ、ぴったりと隙間なく身を寄せながらこちらに歩いてきた。

エスター・アントワール。彼女はこの国の第二王女で、ノルティマの妹だ。

桃色のふわふわしたウェーブのかかった髪に、くりっとした青い目の愛らしい風貌。そして、大人しくてかわいげがないと言われるノルティマと違って、明るくて愛嬌がある。

「実はね、私はヴィンス様と愛し合っているの」

にこりと微笑む妹に、不審感を抱く。次期女王の婚約者と浮気しておいて、どうして平然としていられるのだろう。その神経が全く理解できない。

「だから――邪魔者は消えてくれない？」

「…………はい？」

一瞬、耳を疑った。将来の王配と不義理を働いたのはエスターなのに、何も悪くないノルティマがなぜ消えなくてはならないのか。

エスターの愛らしい笑顔に威圧が乗り、一歩後退する。彼女は自分の思い通りにならないときや機嫌が悪いとき、底意地の悪さを全面に押し出したこういう顔をする。

「な、何言ってるのよ。ヴィンス様は廷臣たちの話し合いで決まった王配となるお方。私だって、あなたの恋を叶えるために消えることなんてできる立場ではないのよ」

ノルティマは第一王女だ。いつか女王になって、この国や民衆を守っていかなければならない。なけなしの平常心をかき集めてきわめて冷静に諭していると、ヴィンスが口を開いた。

「いっそ――君が死んでくれたらいいんだがな」

「なんですって？」

「ずっと気に入らなかったんだ。面白みも愛嬌もなくて、君には女としての魅力を一切感じない。エスターは君とは真逆で、明るくてこんなにもかわいらしい。心移りするのも無理ないだろう？」

婚約者から告げられた『死んでくれたらいいんだがな』という言葉に、頭をがつん、と殴られたような衝撃を受ける。

（どうして、そんなことを言うの？）

ノルティマはただ、次期女王にふさわしくあるために頑張っていただけだ。

王族の威厳を保ち、品行方正でいようと努めていたことをどうして、そんな風に責められなくてはならないのだろう。……これまで一生懸命やってきたことが全て否定された感じ。

婚約者のヴィンスのことも、ずっと尊重してきた。恋愛感情はなくとも、良好な関係を築けるように気を配り、信頼を裏切る真似をしたこともない。誠実であろうとし続けた自分が、彼に死を望まれた事実が受け入れがたく、ノルティマはショックのあまり、ここに立っている感覚がよく分からなくなっていった。

「君が消えれば俺だけではなくみんな喜ぶだろうな！」

「本当にそう。お姉様のことが好きな人なんて、王宮にも、この国のどこにもいないもの」

婚約者は、ノルティマではなく妹を選ぶというわけか。

ふたりは、早く死んでほしいとばかりに追い詰め、肩を揺らしてくつくつと笑い、愉悦に浸っている。

彼らの悪意をつぶさに受け取ったノルティマは、拳をぎゅっと固く握り締め、玲瓏とした声で答えた。

「分かったわ」

「「えっ……」」

「あなた方のお望み通り――消えて差し上げましょう」

まさか承諾するとは思っていなかったらしいふたりは、拍子抜けした顔をする。

ノルティマが消えれば、王位継承権一位の座はエスターに渡り、彼女はヴィンスと婚約を結び直すのだろう。

これまでノルティマが築き上げてきたものが、みるみる崩壊していく音がする。

でも、これでいいのかもしれない。ノルティマだって望んで王太女になったわけではないのだから。王族として生まれてきたことは、あとからどんなに願っても変えられるものではない。生まれたときから自由を奪われ、国のために働かされてきた。ヴィンスや女王、廷臣たちに散々仕事を押し付けられた。現王配リューリフは自分の仕事こそそれなりにこなすものの、娘であるノルティマには無関心であった。

ノルティマの顔はやつれ、目の下には常にクマができている。

現女王の王権は、ノルティマという奴隷の支えによってなんとか成り立ってきたのだ。

ノルティマがいなくなれば、役目を引き継ぐエスターたちはさぞかし困ることだろう。けれど、もう知らない。それを望んだのは、紛れもなくこのふたりなのだから。

冷たい眼差しで妹とヴィンスのことを見据え、唇の前に人差し指を立てながら、地を這うような声で告げた。

「――ただし。私を追い出したこと、後悔しても知らないわよ？」

こちらの底冷えしそうな目に、ふたりは背筋に冷たいものが流れるのを感じた。

当惑する彼女たちを無視して、全てを手放す意思を示したノルティマは踵を返し、自室へと向かうのだった。

自室に戻ったノルティマは、机の前の椅子に腰を下ろして、手紙をしたためた。エスターやヴィンス、王宮にいる人たちに宛てた――別れの手紙である。質の良い羊皮紙に、流麗な筆跡で文字が書かれていく。

『遺言者ノルティマ・アントワールは次の通りに遺言する。
一、王位継承権は妹エスター・アントワールに譲渡する。
二、次期王配ヴィンス・シュベリエとの婚約は解消し、新たにエスターと結ばせる。
三、私の財産は全て――精霊の慰霊碑の管理費として充てる。
付言、長い間お世話になりました。エスターにヴィンス様、並びにお世話になった方々、ご健勝をお祈り申し上げます。さようなら。

ノルティマ・アントワール』

使い終わったペンをことん、と机の上に置き、手紙の内容を見直す。我ながら、情緒を欠いた事務的な手紙だと感じる。そのあと、引き出しから王太女の印章を取り出し、名前の隣に押した。便箋を折りたたみ、封筒に入れてから、机の上にそっと置く。

（よし。こんなものかしらね）

椅子から立ち上がり、今度は衣装棚から黒いローブを取り出して、姿見の前で身にまとう。そして、いつも髪を後ろでまとめている髪留めを外した。

窓から差し込んだ星明かりが、彼女のたおやかな銀髪を美しく照らしている。伏し目がちな青い瞳も、星の光を反射して宝石のように輝いていた。

ノルティマは手のひらの上の髪留めを見下ろしながら、小さくため息を吐く。

（思えば昔から……エスターに振り回されてばかりだった）

この髪留めは昔、エスターに交換してとせがまれて、仕方なく交換してあげたものだ。

彼女は生まれつき身体が弱く、しょっちゅう熱を出して寝込んでしまうような子だったので、その分周りも過保護になった。

周りの人たちがエスターの望みを何でも叶え、蝶よ花よと甘やかしたために、彼女はどんどんわがままになっていった。


『私、お姉様の冠が欲しい！』

何年も昔、まだノルティマが子どもだったころに、王太女の戴冠式が行われた。儀式の中で司教からノルティマに、次期女王のための冠が授けられたのだが、あろうことかエスターはそれを欲しがった。

『もう、エスター。これはお姉様の身分を示す大切な冠なのよ？　あげたりできるようなものではないの。あなたにはそのかわいい髪留めがあるじゃない』

『えーやだやだっ！　お姉様のやつの方がかわいいもん！　欲しい欲しい……！』

『まぁ……』

女王アナスタシアがエスターを諭すが、彼女は聞き分けなかった。母は国を治める長としてはそれなりに優秀だが、病弱な妹に対してはどうにも同情的で、甘かった。

だだをこね続けるエスター。彼女は上目遣いでかわいらしくおねだりすれば、みんなが自分の願いを叶えてくれると知っている。

アナスタシアが申し訳なさそうにこちらを見つめてきたとき、ノルティマの胸がきゅっと締め付けられる。

（まさか……）

母がこういう顔をするときは、決まって妹のために何かをしてくれと頼まれる。

小さなころからそうして、ノルティマは大切にしてきたものを譲り、我慢してきた。

女王の言葉の続きは、聞くまでもなく予想できた。

『悪いけどその冠、エスターに譲ってくれる？』

『え……でもこれは、祭祀でこれからも使う大切な冠で――』

『必要なときはエスターに貸してもらえばいいでしょ？　あなたはエスターと違って元気な身体があるだけありがたいじゃない。だから、譲ってあげなさい。ね？』

『……分かり、ました』

冠の件だけではない。ノルティマのものはエスターのもの。いつだって、身体が弱くてかわいそうな妹のために、我慢をさせられてきた。

譲った冠は数日もしないうちにどこかでなくしてしまったようで、その後出てくることはなかった。ノルティマは冠なしで国の祭祀に参加し、恥をかくことになったのである。

エスターが好きなことをして過ごす傍らで、ノルティマは厳しい王太女教育を施され、仕事をあちらこちらから押し付けられ、国政のために自分を犠牲にしてきた。

もちろん、母親を含めた周りの人々はエスターのことしか頭にないという感じで、ノルティマが頑張るのは当然のこととしてきた。だって、あなたはエスターと違って健康なのだから――と誰も心にかけてはくれなかった。父である王配リューリフも空気のような存在感の人で、仕事を押し付けてくることはなくても手助けはしてくれなかった。父が王配になることを元々望んでおらず、他に愛する人がいた中でアナスタシアと政略結婚させられたというのは、王宮でも有名な話。それゆえ、父は家族に無関心だった。

ノルティマは婚約者だけでなく、家族にも、周りの誰にも――選ばれなかったのである。

苦い過去の回想から、現実意識を引き戻すノルティマ。

手に持っていた古びた髪飾りを、手紙の上に重しのようにそっと置く。

長らく忙しさから自分のことをほったらかしにし、かわいい髪留めを買って着飾るようなこともしてこなかった。ノルティマが持っている髪留めは、かつてエスターからもらったこれだけ。

(もういいわ。エスターも、ヴィンス様も、私を蔑ろにしてきた人たちみんな、好きにすればいい。私ももう……楽になったっていいわよね。ずっと、我慢してきたんだから)

心の中にあるのはただそれだけだった。心も身体も疲れてぼろぼろだ。もう休みたい。すぐに眠りたい。一秒でも早く、泡のように弾けて消えて楽になりたい。

飾り気がなく閑散とした部屋を一度見渡してから、ノルティマは自室を出るのだった。

王宮を発つ前、最後に立ち寄ったのは、敷地中央に佇む精霊の慰霊碑だった。慰霊碑は、日干しれんがを積み上げた分厚い壁で、何重にも覆い隠されている。

かつて、精霊をこよなく愛する偉大な精霊術師が建国したと言われるアントワール王国。

アントワール王家は五百年前、王都のリノール湖下に広がる、『水の精霊国』と呼ばれる国を滅ぼした。

現在、アントワール王国以外の国では精霊信仰が根強く残っており、精霊は不思議な力で、病を治し、乾いた土地を潤し、濁水を清め、災いを浄化すると言われている。精霊たちを敬うことで、人々はその恩恵を享受し、豊かな生活を送ってきた。

五百年前、アントワール王家は精霊たちの神秘的な力を自分たちのものにしようと画策し、暴力で支配しようとした。だが、自由を望む精霊たちは抵抗した。そして王家は、思い通りにならなかった報復として、湖を埋め立て、国そのものを滅ぼしたのである。

住処を失った精霊たちの大半が滅び、生き残りはどこかへ移り住んでいったという。

精霊たちに見放された今、世界の中でこの国だけが精霊のいない国となってしまった。

ノルティマは石造りの慰霊碑の前で腰を下ろし、手を組んで、ゆっくりと唇を開く。

「精霊さんたち……申し訳ございません、私たちの先祖が本当に愚かなことをしました。心からお詫び申し上げます。どうか、お怒りを収めてくださ――っく」

精霊の国を滅ぼしてから段々と、アントワール王家に王子が生まれなくなった。今では一切誕生しない。そのことを他国では、『精霊の呪い』と呼び、広く知られている。だが、実際には呪いではなく、近親婚による影響だった。

そして、長らく秘密のベールに覆われてきた呪いが――別にあった。

「うっ……ぁ……ぁあっ――」

祈りを捧げていたノルティマは突然、激しい苦しみに襲われる。

その苦しみは並々ならぬもので、芝生の上に両手をつき、額に脂汗を滲ませ、くぐもった呻き声や悲鳴を漏らす。

全身に四方から引き裂かれるような痛みが走り、息をすることさえままならない。

(どうか、怒りをお鎮めください。私の先祖がひどいことをして、申し訳ございません。お願い、許して……)

とうとう声を出すこともできなくなり、心の中で謝罪と懇願の言葉を唱え続け、七転八倒の苦痛に耐えた。それは三十分にも及んだ。

ようやく身体の痛みが引いていき、疲弊しきったまま芝生の上にくたりと倒れ込み、はぁと息を吐く。

故郷を奪われた精霊たちは、よほど王家の者を憎んでいるのだろう。アントワール王国に雨を降らせるためには、王家の純粋な血を引く者が毎日祈りを捧げなければならない。それこそが、精霊たちに報復としてかけられた呪いだった。そして、アントワール王家が王位を維持する限り、この呪いは続く。

「はぁっ……はっ……」

要するに、喉の奥を震わせながら俯いている娘の肩に、アントワール王国の命運が委ねられているということだ。彼女が祈りをやめればこの国には雨が降らなくなり、大地は涸れ、王国は滅びる運命を辿っていく。

礼拝を始めたのは物心がついて間もないころで、女王アナスタシアはノルティマに言い聞かせた。

『いい？　本当の精霊の呪いのことは決して誰にも知られてはならないわよ。この呪いはアントワール王家の弱点。知られたら、足をすくわれることになるの』

『痛いっ、痛いわ、お母様……っ。耐えられない……っ』

『逃げてはだめよ！　ノルティマ！　王権を維持していくために、雨を絶やしてはならないわ……！』

ノルティマに引き継ぐ前までアナスタシアが礼拝をしてきたが、ノルティマに引き継がせて以来、自分は政務が忙しいことを言い訳にして、一度も礼拝を代わってくれなかった。

アナスタシアも先代たちから、王家の権力を守るためには祈りを捧げなくてはならないと刷り込まれてきた。そして、彼女は自分の立場を失うことをひどく恐れるきらいがあった。

『ノルティマ！　立ちなさい、まだ礼拝は終わっていないわ。あなたが王家直系である限り、この使命からは逃れられないのよ！』

『は、い……お母様』

少女だったノルティマの中にも、この不条理な祈りの重要性が刷り込まれていく。

昔は精霊術師なる存在がいて精霊と意思疎通を図ることができたが、呪いのことを暴かれないようにするために、王家が精霊術師を弾圧してきた。それだけではなく、全ての国民に対し、精霊にまつわる本を読むことや精霊信仰、言論の自由さえ認めていない。時代の流れに伴い、この国の人々の記憶から、精霊の存在そのものがほとんど失われてしまった。

今は精霊に精通する者などおらず、精霊たちが何を思っているのか分からないまま、一心に祈りを捧げることしかできない。

この呪いのことを知っているのは王族のごく一部の者だけで、公にはされていない。エスターは、精神的な不安が体調に影響を与えるかもしれないという理由で、知らされていない。

そして、毎日の祈りの義務を課せられるのは、代々王家の純粋な血を引く女と決まっている。

呪いの効果で、祈りを捧げている間、肉体にのたうち回るような苦痛が現れる。だから、女王では政務に支障が出るため、王太女が代わりにその責任を果たす慣わしだが、女王の祈りに効果がないわけではない。せめて、体調が悪いときくらい代わってほしい……と何度も思ってきたが、アナスタシアは呪いの辛さを分かっていながら、政務さえノルティマに押し付けてくる始末だった。

ノルティマがいなくなればその役割はおのずとエスターに移ることになる。今の代で、アントワール王家に王女はふたりしかいないから。

これまで、本当の精霊の呪いを一族以外に知られないために、近親婚が繰り返され、女しか生まれなくなった。エスターが生まれながら病弱だったのも、この近親婚による弊害であり、アントワール王家にはよくあることだ。

痛めつけられた身体でよろよろと立ち上がり、慰霊碑を見据えた。

「私がここで祈りを捧げるのは今日で——最後です。明日からはきっと、妹がここに来るでしょう」

（この祈りの時間は、とても辛いものだったけど、もう今日でおしまい。国の水源と王権を守るために私ひとりが犠牲になるなんて……もううんざりよ。もしもエスターがこの礼拝を拒めば……この国はどうなるのかしらね）

ノルティマはフードを深く被り、そのまま王宮を後にした。こうして、王宮から王太女が忽然と姿を消したのである。

「ノルティマは一体何を考えているんだ……？」

応接間からノルティマが去っていったあと、エスターの目の前に立っているヴィンスが動揺してそう呟く。

「まさか本当に、消えたり……死ぬつもりではないだろうな？」

ヴィンスが焦ったように額に手を当てて深刻そうな顔をしたのを見て、エスターはきょとんと小首を傾げた。彼女はふたりにとっては恋を阻む障害でしかないはずではないか――と。

（お姉様なんていなくなってくれたほうがいいじゃない）

彼は王家の分家であるシュベリエ公爵家の次男であり、姉の婚約者だった。将来女王をその知恵と勇敢さで支える王配になるべく教育を受けていたが、肝心なノルティマとの関係は良好ではないようだった。

ノルティマは物静かで真面目、悪く言えば面白みに欠ける人だった。だからこそ、ヴィンスは妹のエスターに思いを寄せるようになっていった。

「何をそう焦っていらっしゃるの？　先ほど死んでくれたらいいと言っていたのはヴィンス様なのに」

「あ、あれは……っ、ただ軽い気持ちで言っただけに決まっているだろう！」

「あら……」

エスターはぱちくりと目を瞬かせた。だって、エスターは本心だったから。

「そう心配しなくたって大丈夫よ。お姉様はきっと拗ねてあんなことをおっしゃっただけ。明日にはいつも通りのはず」

「そう……だろうか」

「そうよ。だから、ねぇ……さっきの、続き――」

エスターはおもむろに、自身の指を彼の指に絡め、甘えるような上目遣いで見上げる。

口付けをねだるように、ヴィンスの薄い唇をじいっと見つめた。こうしてかわいらしく懇願すれば、彼は望み通りのものをいつも与えてくれる。彼の口付けは、くらくらと目眩がするほど刺激的で心地がよい。

　エスターはこの人が好きだ。勉強や政治のことはさっぱり分からないけれど、見た目が好みだし、甘やかしてくれるから。それに昔から、姉のものはどんなものより魅力的に見えるのだ。隣の芝生は青く、隣の花は赤いもの。

　例えば、戴冠式のときに下賜された冠も、彼女にとって大事なものだと分かっていたが、素敵なものに見えて奪い取った。すぐに失くしてしまったのだけれど。

　ヴィンスも姉の婚約者だから、とりわけ魅力的に見えて、欲しくなった。

（これでようやく、独り占めできる）

　踵を持ち上げ、そっとヴィンスの唇に顔を近づける。しかし、唇同士が触れるすんでのところで、彼はこちらの両肩に手を置いて押し離し、エスターとのキスを拒んだ。

「きゃっ――」

「すまない。やっぱりノルティマのことが気になるから、様子を見てくる」

「ま、待って！　ヴィンス様……」

　くるりと背を向けた彼に手を伸ばし、引き止めようとする。しかし掴み損ねて、指先で服の生地を掠めるだけで、彼も応接間を飛び出していった。

　ひとりになったエスターはぎり……と爪を噛む。

（どうして、お姉様のことなんて構うのよ……！）

ノルティマはこの国にとって、唯一無二の存在だ。いくらエスターが病弱で、王宮にいる人たちが大切にしてくれたとしても、序列で言えば、第二王女は王太女という地位には及ばない。

姉はいつか女王となり、国中の人々から憧憬と敬愛を抱かれ、この国の象徴となる。

それが、野心家のエスターには、たまらなく嫌だった。人々に一番愛されるのは、自分だけが良い。自分のことだけを見ていてほしい。だからずっと、ノルティマに消えて欲しかった。


エスターはやむを得ず、ヴィンスの後ろをついて行った。

執務室や講義室を見て回ったが、彼女の姿はなく、最後に向かったノルティマの部屋に手紙が残されていた。整然とした室内に本人の姿はなく、ヴィンスたちがだだっ広い王宮内を探し回っているうちに、去ったのだと理解した。

手紙の内容を見て驚愕しているヴィンスに対し、エスターは心の中で舞い上がった。

（やったあっ！　これで本当に、本当に邪魔者がいなくなったのね!?　女王の座も、ヴィンス様も私のもの……！）

必死に唇を引き結んでいなければ、ついついいやらしい笑みが零れてしまいそうだ。

心の中でぐっと勝利の拳を握りつつ、表面上はしおらしい態度を取る。

「そんな……ま、まさかお姉様が本気だったなんて……」

「クソっ、大変なことになった。あんな言葉を真に受ける奴がいるか……！」

ちらりとヴィンスの様子をうかがうと、彼は手紙をくしゃっと握り締めた。

「至急、王宮の者たちに探させよう。今ならまだそう遠くへは行っていないはずだ」

その言葉を聞いて、喜んでいた心が一気にしゅんとしぼむ。せっかく目障りだった姉がいなくなったのに、連れ戻すなんてもってのほかだ。

全身の血の気が引いていくのを感じながら、なんとか説得を試みる。

「だめです、ヴィンス様っ！」

「なぜ止めるんだ？」

「だって、お姉様が消えたら、私たちは結ばれることができるのよ？　ほら、ここにもそう書いてあるわ！」

手紙の二項目目、『次期王配ヴィンス・シュベリエとの婚約は解消し、新たにエスターと結ばせる』という部分を、とんとんと指差す。

「だから……この手紙には気がつかなかったことにするの。私は女王になり、ヴィンス様は王配になって、民衆に愛されながら――幸せに生きていきましょう？」

両手をそっと重ね合わせ、うっとりとした表情で夢物語を語る。

けれど、怪訝そうな顔をしたヴィンスに、素敵な提案はにべもなく撥《は》ね除《の》けられてしまう。

「…………だめだ」

「どうして……？　私のことを愛していらっしゃるのでしょう？」

「もちろんだ。俺は君を誰よりも慕っている。だが悔しいが、ノルティマは必要な存在なんだ。

――精霊の呪いによる苦しみを、君に味わわせるわけにはいかない」

「精霊の……呪い？」

それが何を意味するのか分からず、頭に疑問符を浮かべる。確かに、精霊の呪いによって、アントワール王家には王子が生まれないと言われている。けれど、女王を据えることで、問題なく国の運営は行われているではないか。

しばらく沈黙が流れたあと、ヴィンスはぎゅっと拳を握り締め、苦々しく言った。

「とにかく、早急にノルティマを探そう。これは他でもなく――君のためだ」

ヴィンスの命令により、王宮の騎士や使用人たちが、失踪したノルティマの行方を探していたそのころ――

ノルティマはひとり、馬に乗って、ある場所に来ていた。

そこは、王宮から馬で一時間ほどの場所にある――リノール湖。うす気味悪く鬱蒼とした森の中にひっそりと存在している。かつてこの湖の下には、精霊の神力で作られた空間があった。それが、アントワール王家が滅ぼした――水の精霊国だ。

昔は王都の水源となる巨大な湖だったが、侵攻の際に埋め立てられて、ほとんどが陸地に変わってしまった。ノルティマは時々、湖の周辺に乗馬の練習に訪れることがあった。

「走り続けて疲れたでしょう？　さ、お食べ」

馬から降りたノルティマは、馬にりんごを与え、肩や首筋を優しく撫でてやった。

「いい子ね」

それから、崖の上からリノール湖を見下ろす。せせらぐ水面は鏡のように月の光を反射して、繊細な光を放つ。夜の冷たい風がノルティマの白い肌を撫で、銀色の髪をなびかせる。

多忙な毎日が続く中で、ノルティマは心身ともにすり減っていた。毎晩よく眠れないし、呼吸は浅く、ずっと胃のあたりに違和感があった。

（ああ、やっと終わる。もう苦しまなくていいのね）

ノルティマは湖面をぼうっと見つめ、まるで吸い寄せられるかのように、崖の縁へと歩いていく。その後ろ姿を、馬が不思議そうに見つめていた。

今夜この場所に来た理由は――この崖から飛び降りるため。

崖から湖面まではかなりの高さがあり、飛び降りたらもちろん無事では済まない。湖面に打ち付けられた衝撃で即死かもしれないし、湖の中でじわじわと溺死していくかもしれない。ノルティマは湖の中で少しずつ水に溶けて、消えていくのだ。

（身も心も、痛い思いばかりしてきたわ。毎日の礼拝はもちろん肉体的に痛かったけれど、みんなから見向きもされなかったことも同じくらいに……痛かった。私も誰かに――選ばれたかった）

大勢の人々が居住する王宮にいても、ノルティマはひとりぼっちで、寂しかった。

あと少し進めば落ちる、崖の縁のぎりぎりのところに一歩踏み出したとき、後ろの茂みから声がした。

「――見つけたぞ！」

それは、ヴィンスの声だった。はっとして振り返れば、複数の足音が近づいてきて、王宮の騎士や使用人たちもノルティマを囲むように集まってきた。

「ノルティ、」

「来ないで！　一歩でも近づいたら、すぐにここから飛び降りるわよ」

「……！」

　こちらに近づいて来ようとしたヴィンスは、その忠告を受け、踏み止まった。まさかこんなところまで追いかけてくるとは思わなくて、きゅっと下唇を噛む。

　これまであらゆる不自由を強いてきただけでは飽き足らず、死ぬ自由までノルティマから奪おうというのだろうか。

「お、おい、ノルティマ。早まるな、考え直せ。俺が軽い気持ちで言ったことで傷つけたなら謝る。あれはその……ちょっとしたからかいみたいなものだ。だから、な？」

　今更、こちらの顔色をうかがってきたところで、もう遅い。それに、ヴィンスがわざわざノルティマを探しに来た意図など、見え透いているのだから。

　もちろん、ノルティマを心配して駆けつけたわけではない。新たな王太女になるエスターに、精霊の呪いで苦しんでほしくないのだろう。彼はアントワール家に降りかかっている呪いについて知らされており、毎日苦しんでいるノルティマを傍で見ていたから、礼拝の壮絶さを理解している。そんなノルティマに対して、慰めや励ましの言葉のひとつもなかったのだけれど。

「あなたに死んでくれと言われたことだけが、原因ではないわ。積もり積もった結果なのよ。ヴィンス様はエスターばかり優先して……婚約者の私に一度として向き合おうとしてくださらなかった」

「それは当然だろう！」

「当然……？　何が当然なの？」

「エスターは君と違って身体が弱いからだ。それなのによく頑張っていて……大切にするのは当たり前だ」

「なら……私の頑張りはなんになるの？　あなたに政務を押し付けられて……どれほど苦労していたか分かっているの？」

するると彼は言い淀み、決まり悪そうに目を逸らす。数拍置いてから、咳払いをして続ける。

「と、とにかくだ。君がいなくなれば、王家は立ち行かなくなり、エスターは苦痛を味わうことになる。随分と被害者面をしているが、君ひとりのせいで、俺たちがどれだけ苦労させられるか分かっているのか!?　君のせいで――」

「うるさい!!」

張り上げた声が森の中に響き渡り、夜鳥がびっくりして木々を飛び立っていく。

追い詰められているのだと訴えても、彼の心には少しも響いていない。なんて惨めで、情けないのだろうか。

「もう、やめて……っ。私は楽になりたいのよ……。お願いだから、最後くらい静かに眠らせて……っ」

両手で耳を塞ぎ、駄々をこねる子どものように、いやいやと頭を横に振る。

もうこれ以上、誰かに奴隷のように酷使されるのはうんざりだ。誰の言いなりにもならない。

――逆らってやる。

ノルティマが拳を握り締めた直後――

「ヴィンス様！」

茂みの奥から鈴が鳴るような声がしたあと、エスターがヴィンスのもとに駆け寄ってきた。彼女はヴィンスの腰にくっつきながらこちらを見据える。

ヴィンスの意識が一瞬逸れたのと、ノルティマが崖から飛び降りたのは同時だった。

「きゃああっ、お姉様が……っ」

ノルティマが最後に視界に捉えたのは、切羽詰まった様子でこちらに手を伸ばすヴィンスと、悲鳴を上げつつも、口角だけはにやりと上がっている妹の意地の悪い顔だった。

「ノルティマッ!!」

――バシャンッ。

激しい音とともに、ノルティマは湖の中へと落ちた。かなりの高さから水面に叩きつけられた衝撃で、身体中の骨が折れ、激痛が駆け巡る。

ノルティマは大量の泡が水面に昇るのをぼんやりと見つめながら、下へ下へと沈んでいった。

身体中が痛くて、もう泳ぐことができない。指一本を動かす気力もない。

（これで終わる。やっと楽になれる……）

元婚約者や妹のこと、自分の立場のことも、何もかも忘れて、眠ろう。この冷たい湖にそっと溶け込んでしまおう。

そう思って目を閉じたとき、瞼の裏に先ほどのエスターの勝ち誇ったような笑顔が浮かぶ。

(本当に……これでいいの？)

このまま消えて、いいのだろうか。これまで頑張ってきたことはまだ何ひとつ報われていないのに、不幸なまま人生を終了させてしまって良いのだろうか。

そんなの……嫌だ。ノルティマだって、誰かに褒めてもらいたかった。誰かに必要とされ、愛されていることを実感したかった。幸せになりたかった。ひたむきに生きてきたのに、どうして報われないまま消えなくてはいけないのか。

こんな真っ暗な湖の中で、全てを諦めてたまるものか。こんな惨めな最後では、死んでも死にきれない。生きたい、何もかも全部やり直して、頑張ってきた自分をめいっぱい甘やかし、幸せにしてあげたい。

(嫌だ、やっぱりまだ死にたくない……！)

じわりと目に涙が滲み、水に溶けていく。

湖に落ちてようやく、自分の本当の気持ちに気づいた。心の奥底に封じ込めていた、これまでずっと無視してきた自分の本当の気持ちが、沸騰するように溢れ出してくる。

水面にわずかに星の光が見えていて、まるで暗闇に差し込む希望のように思えた。張り裂けそうなくらいに痛む手を必死に伸ばしてみたが、何に届くわけでもなく。息がどんどん苦しくなっていく中で、どうにか喉を鼓舞し、弱々しい声を絞り出した。

「誰か……っ、助け、て………」

必死な思いで絞り出した声は泡になり、こぽこぽと意味のない音を立てて水の中に溶けるだけで誰の耳にも届かない。

（ああ、だめ……。私の声は、誰の耳にも届かない。私は最期まで……ひとりぼっちなんだわ）

しかし――意識が朦朧としてきたその直後、誰かがノルティマの手を摑んだ。暗い水中でよく分からないが、ノルティマの手をすっぽりと覆う節くれだった男の人の手。

閉じかけていた目を開くと、そこに亜麻色の長髪に金の瞳をした成人男性の姿がぼんやりと見えた。

彼はノルティマを引き寄せると、頰に手を添え、自分の唇をノルティマの唇に隙間なく押し当て――ふっと息を吹き込む。

（……！　この人は、誰……？）

口移しで送り込まれた空気を吸い込むと、男がノルティマの耳元で優しく囁いた。

「もう苦しまなくていい。俺の元へおいで。――ノルティマ」

とても、優しい声。水の中だが、鼓膜に直接注がれたその言葉ははっきりと聞き取れた。どうしてノルティマの名前を知っているのだろうか。

男はノルティマを抱き抱えたまま泳ぎ、みるみるうちに水面へと上昇していく。誰かに抱き締めてもらったことなど今までなかったノルティマは、またじわりと瞳に涙を浮かべる。

（ずっとずっと、誰かに……こうしてほしかった。なんて温かくて、心地が良い……。これが夢ならどうか――覚めないで）

彼に身を預けたノルティマは、張り詰めていた糸がぷつりと切れるかのように――意識を手放していた。


「ん……」

次にノルティマが目を覚ましたとき、馬車の荷台にいた。がたがたと砂利道を走る揺れに気づき、瞼を持ち上げて半身を起こす。

そして、照りつける朝の陽光の眩しさに目を眇《すが》めた。

（どうして、馬車に……？）

ゆっくりと視線を落として手のひらを見つめる。かなりの高所から湖に転落し、体中の骨が折れたはずなのに、どこにも痛みがない。だが、服は濡れており、湖に落ちたのは夢ではなかったと実感する。

不思議に思って首を傾げたそのとき、後ろから声がした。

「あ、気がついたみたいだね」

「！」

爽やかな声を聞き振り返れば、そこには十三歳くらいの少年が立て膝で座っていた。

亜麻色の短い髪に金色の瞳をした、飄々とした雰囲気の子ども。形の良い唇は扇の弧を描いているが、その笑顔はどこか摑みどころがない。

「あなたは……？」

「俺はエルゼ。朝、リノール湖を散歩してたら、あなたが岸に倒れているのを見かけてね。そのまま放っておくわけにもいかないから、連れて来たんだよ」

この荷馬車はどうやら、国境に向かっているらしい。湖の中のノルティマを岸に運んでくれたのは長髪の成人男性だった。髪と瞳の色、それに声もどことなくエルゼと似ている気がするが、エルゼはまだ子どもだ。

（助けてくれたあの人は、一体どこに行ってしまったのかしら。まだ、お礼も言えていないのに）

エルゼは座ったまま頰杖をつき、澄んだ瞳でこちらを見据えて言った。

「お姉さんの名前は？　どうしてあんな場所で倒れてたの？」

「私は……ノルティマ。あの場所にいたのは、えっと……」

どう説明したものか。正直に、死のうとして崖から湖に飛び降りたと言うわけにもいかず、あちらこちらに視線をさまよわせ、言い淀んでいると、エルゼはふっと小さく笑った。

「話したくないなら無理をする必要はないよ。誰だって人には言えない秘密のひとつやふたつ、あるものだからね」

子どもの割に妙に達観した様子の彼は、頭の後ろで手を組みながら、伏し目がちに言った。

「俺にも秘密があるよ。例えば、たった一度親切にしてもらった相手のことを、忘れられずにいるとかね」

その表情は子どもにそぐわないもので、澄んだ瞳の中にほんのりとした大人の甘さと色気が宿っている。

「へえ。初恋の人とか？」

「――内緒」

エルゼはにこっと笑い、人差し指を唇の前に立てた。

「俺はこのまま国を出て、母国に向かうつもりだ。このあとお姉さんはどうするの？　この荷馬車は国境に行く前、いくつか街に立ち寄るみたいだけど、行くあてはある？」

「……」

ノルティマはぎゅっとスカートを握り締める。

人通りのある街に行って、ひとたび姿を見られようものなら、すぐに失踪した王太女だと正体を見破られ、王宮に連れ戻されてしまうだろう。エルゼは異国人だから、ノルティマの名前を聞いてもぴんと来ていないようだが、アントワール王国の民は、次期女王の顔を知っている者も多いのだ。

でも……王宮には帰りたくない。

「行くあては……ないわ。家出をしてきたの」

年下の少年に助けを求めるように、情けなく眉をひそめ、しおらしげに打ち明けると、彼は笑顔を浮かべて言った。

「――なら、俺と一緒に来る？」

「え……？」

予想外の少年の提案に、目を瞬かせる。

彼は飄々とした様子で続けた。エルゼはこのアントワール王国からふたつ国を越えた先にある大国――シャルディア王国出身だという。シャルディア王国はアントワール王国よりもずっと豊かで、国力が強い。

「シャルディア王国は移民の受け入れに寛大で、異国人の働き先も見つかりやすい。治安も安定しているから、お姉さんも安心して生活していけるはずだよ」

どうせ、この国にいることはできない。奴隷のように酷使される日々に戻るくらいならいっそ、あのまま王太女は湖で死んだことにでもして、一からやり直してみたい。

「行きたい……！　私もシャルディア王国へ行くわ……！」

「ふ。分かった、いいよ。あなたがいてくれたら、長い旅でも退屈しなそうだ」

エルゼはこちらに手を差し伸べて、口の端を持ち上げる。

「それじゃあ、よろしくね。お姉さん」

「ええ。こちらこそ」

これまでエスターや女王から、姉として扱われることに辟易してきたが、彼に『お姉さん』と呼ばれるのは不思議と嫌ではなかった。

きっとこれも、何かの縁なのだろう。そしてふたりは、握手を交わし笑い合った。

（生きていたらまたどこかで、助けてくれたあの方にも会えるわよね。きっと）

どこからともなく颯爽と現れて、水底に沈んでいくノルティマを掬《すく》い上げてくれた男性は、ノルティマを岸辺に運んだきり去ってしまったのだろうか。

ノルティマに息吹を吹き込んでくれた、唇の感触がまだ残っている。肌とも粘膜とも違う、温かな感触が確かにノルティマの唇に降ってきたのだった。あのときは生きるか死ぬかの瀬戸際で何も考えられなかったけれど、救命措置とはいえ——初めての口付けだった。

（私の……ファーストキス）

耳の先まで熱がのぼっていくのを感じながら、唇に手を伸ばしていると、エルゼが荷台の外に少し身を乗り出しながら、服をぎゅっと絞り始めた。ぽたぽたと水が地面に落ちていくのを眺めながら、ノルティマは小首を傾げる。

（あら……？）

倒れていたノルティマを運んだだけなら、彼までびしょ濡れになることはない。それなのになぜか、湖に落ちた自分だけではなく、エルゼの服も同じくらいに濡れていた。

「どうして濡れているの？」

「うーん、そうだね。……さっき、通り雨が降ったんだよ」

ほんの少し視線を泳がせたあとで、掴みどころのない笑みを浮かべて答えたエルゼ。けれど、地面が湿っていたような形跡もなく、ノルティマは頭に疑問符を浮かべるのだった。

一方、王太女ノルティマが消えたあと、王宮は大混乱に陥っていた。

「ノルティマの遺体が見つからないだと!?　それはどういうことだ……!?」

執務室の机をヴィンスがどんっと両手で叩き、書類が一瞬だけ宙に浮かぶ。大きな音が響き渡ったのと同時に、近くに立っていたエスターがびくっと肩を跳ねさせた。

机の奥の椅子に座るヴィンスは、眉間のあたりをぐっと指で押した。机を挟んで向かいに立つ騎士たちが、恭しく頭を垂れる。

「は、はい。十日間、総力を挙げてリノール湖を捜索しておりますが、ご遺体の発見には至らず……」

「どういうわけだ？　確かに、彼女が湖に沈んでいく姿をこの目で見たはずなのに……」

十日前、ノルティマが目の前で崖から飛び降りた瞬間を思い出し、背筋がぞわぞわと粟立つのを感じる。

飛び降りていく瞬間を見ただけではなく、水面に激しく叩きつけられる音も聞いた。なのに、遺体が見つからないなんて。

（あんなに衝撃を受けて、無事でいられるはずはない。だが、なぜだ？）

水死すると、腐敗の過程で肺や胃の中にガスが溜まり、大抵の場合は浮かんでくるものだ。しかしノルティマはリノール湖をくまなく探しても見つからず、浮かんでくることもなかった。

もし、ヴィンスの息がかかっている者以外が、彼女の変わり果てた亡骸を見つけでもしたら、大変な騒ぎになるだろう。

(次期女王が、王宮で蔑ろにされることに耐えかねて身投げしたなど——アントワール王家始まって以来の醜聞になる)

最悪の想定は、遺体が別の誰かに渡っていることだとして。もし良い方に予想が外れたとしたら、彼女はどこかで生きているかもしれない。そんな思いがあって、人員を割いて大掛かりな捜索を続けさせている。

「ヴィンス様、もうお姉様のことを諦めましょう?　きっと湖の底に沈んだに違いないもの。探すだけ時間の無駄だわ」

騎士たちと話をしているところに、エスターが割り込む。

ヴィンスだって、探したくて探しているわけではない。ノルティマがいなくなれば、エスターが精霊の呪いで苦しむことになるし、今まで押し付けてきた仕事が返ってくることになるから、こうも躍起になっているのだ。エスターと悠々自適な日々を過ごすためには、ノルティマという馬に馬車を引かせる必要がある。

ヴィンスは子どものころから、次期王配になることが定められており、教育を施されてきた。

ノルティマは聡明で、昔から成績が優秀だった。対して自分は彼女より劣っており、ノルティマはヴィンスの助けを必要とするまでもなく、ひとりで大抵のことができた。

王配は女王を助けるために存在するのに、役に立たないのでは面目が立たない。

ノルティマが有能であればあるほど、ヴィンスは婚約者としての存在意義を否定された気分になり、プライドを傷つけられていった。いつしか彼女に対して劣等感と嫉妬を募らせていき、毛嫌いするようになっていた。

そして自然と、妹のエスターに思いを寄せるようになった。勉強や政治に無頓着なエスターの傍は、居心地が良かったのだ。

それからヴィンスは、度々政務をノルティマに押し付け、嫌味を零しては鬱憤の捌け口にし、当てつけのようにエスターのことを可愛がった。

だがこの数日は、ノルティマの不在によって仕事が増えて手が回らなくなり、睡眠時間を返上していたため、ヴィンスの目の下にはくっきりとクマができている。

エスターは執務机に両手をつき、こちらに身を乗り出す。

「それより、今から一緒にお出かけしましょうよ！　新しい劇をやっているみたいだから気晴らしにでも」

今まで仕事をサボって遊べていたのは、ノルティマという面倒なことを押し付けられる相手がいたからだ。

「悪いが、また今度にしよう」

「ええ……そんなぁ……」

しゅんと肩を落とすエスター。

今までずっと、彼女のわがままをかわいいと思っていたのに、この危機的なときにものんきに遊ぶことばかり考えていて、わずかに苛立ちを覚えた。

必ず埋め合わせをするようにとねだるエスターを尻目に、騎士たちに命じる。

「ノルティマの捜索は、より人数を増やして継続しろ」

「かしこまりまし――」

騎士のひとりが承諾を口にしかけたそのとき、執務室の扉が開いた。

「――その必要はないわ」

「じ、女王陛下……！」

女王アナスタシアは、複数の近衛騎士と使用人たちを付き従えて、峻厳とした佇まいでそこにいた。執務室にいた騎士たちも、この国で最も気高く恐れ多い女王に対して、一斉に頭を垂れる。

「王国騎士団は常に人手不足。先日西の町で深刻な野盗被害が出たから、そこに人員を割かなくてはならないわ。ノルティマの捜索は今後、規模を縮小する。――いいわね」

「「御意」」

「そなたたちは下がっていなさい。わたくしはヴィンスに話があるから」

「「はっ！」」

彼女は人払いし、執務室にはヴィンスとエスター、アナスタシアの三人きりになる。

「面を上げなさい」

「はい」

「いい？　ヴィンス。それからエスターも。残念だけれど、ノルティマは生きてはいないわ。今は湖に沈んだ遺体を探し出すより、流行の劇を観に行くより、重要なことがあるでしょう。わたくしたち王家が安全に国家を運営していくためには——精霊の怒りを鎮める祈りを捧げなくてはならない」

アナスタシアはひと呼吸置き、額を手で押さえながら言う。

「わたくしたちは取り返しのつかないことをしたのよ。あの子は強い子だから大丈夫だと思い込んで、知らず知らずのうちに追い詰めてしまったんだわ。それがまさか、こんなことになるだなんて……」

「で、ではまさか、慰霊碑の礼拝はエスターにやらせるということですか？」

「それしかないでしょう。祈りが有効なのは、王家直系の者に限る。アントワール王家の王女は、ノルティマの他にエスターしかいないわ」

「ですが、彼女の身体ではとてもあのような苦痛に耐えられません！」

「——それでも！　ノルティマは弱音ひとつ吐かずに、祈りの務めを全うしていたじゃない……っ！」

眉間に縦じわを刻み、切羽詰まった様子で声を張り上げる女王。美しい顔に威圧が乗ると迫力があり、ヴィンスはひゅっと喉の奥を震わせる。

だが、ノルティマを労わらず、礼拝をこなすのも当然のこととして済ませていたのはヴィンスに限ったことではなく、アナスタシアも同じだ。

彼女だって病弱なエスターばかりに心をかけて、ノルティマのことを蔑ろにしてきたのだ。女王の仕事の多くを娘に押し付けて自分が楽をしたり、視察と称して外国にばかり出かけて享楽に耽っていた。今更後悔したところでもう遅い。

「ヴィンス。ノルティマがいなくなって政務が滞っていると聞いたわ。もっとしっかりなさい。これからは新たな王太女――エスターの婚約者として支えてもらわなくてはならないのだから」

「やったあっ！」

そのとき、深刻な話し合いの場には明らかにそぐわない、弾んだ声が飛んできた。横にいたエスターがぴょんと飛んで、嬉しそうに手を合わせる。

こちらがいぶかしげにエスターを見つめると、彼女は変わらない調子で言った。

「私がお姉様に代わって次の女王様になるのね！　嬉しい、ずっとお姉様が羨ましくて仕方がなかったの」

「「…………」」

あまりに浮かれた様子に、ヴィンスとアナスタシアはぽかんと呆気に取られる。人がひとり死んだというのに、どうして笑っていられるのか――と。彼女を死に追いやった責任はエスターにもあるというのに、少しも心が痛まないというのだろうか。

すると、アナスタシアが口を開いた。

「あなた、女王になりたいと思っていたの……？」

「うん。だって女王ってかっこいいし。みんなにちやほやされる、一番偉い人ってことでしょ？」

「それだけではないわ。女王は国の長であり、この国を着実に運営して、存続させていく責務があるの。——要するに、とても大変なことが沢山あるということ。勉強だって頑張らなくちゃいけない。それを分かって言っているの!?」

アナスタシアが彼女の両肩に手を置いて迫るが、エスターは重責におののくことはなく、またしてもあっけらかんと微笑む。

「平気よ。だってヴィンス様やお母様、他の廷臣の方々が助けてくださるもの。今までだってそうだったでしょう?」

「はぁ……」

頭の中に花畑でも広がっているような底抜けの前向きさだ。

そんなエスターに毒気を抜かれたのか、あるいは呆れているのか、アナスタシアはため息を吐いた。はなからエスターには努力する気などないようだ。

「これまであなたを甘やかしてきたこと、今になって後悔しているわ。いい? エスター。あなたはこれから王家に名を連ねる者として——礼拝を捧げなくてはならないの。それは耐えがたい痛みを伴うけれど、アントワール王国の平和を守るために必要なことなのよ」

「礼拝……?」

そしてアナスタシアは、アントワール王家が過去に精霊の国を滅ぼしたことで恨みを買い、祈りを捧げて怒りを鎮めなくては雨が降らなくなったという事実を語るのだった。

ノルティマが王太女に即位してから数年間、毎日呪いによって苦しんできたこと、そして今後は自分がその役目を引き受けなければならないことを知らされたエスターだが、事の深刻さを理解していないらしく、手を合わせてはにかむ。

「ふふ、手を合わせてお祈りするくらい、簡単だわ。お姉様でも耐えられたなら大丈夫よ。そのくらい私にも乗り越えられるに決まっているもの」

「「………」」

しかしこの日、礼拝による苦痛を実際に経験したエスターは、あっさり音を上げることになるのである。


その日の夜、エスターはヴィンスとアナスタシアとともに、精霊の慰霊碑の前に来ていた。黒い輪郭が浮かび上がった木々が不気味に唸り、夜空の星が淡い光を放っている。

アナスタシアに礼拝の手順を教えてもらい、慰霊碑の前に両膝をつく。そして、ヴィンスが尋ねてきた。

「本当に大丈夫か……？」

「ふふ、ヴィンス様は過保護ね。お姉様がずっとできていたんだから、私も平気よ」

ヴィンスやアナスタシアの心配をよそに、すっかり楽観視していたエスターは、そっと目を閉じて手を組み、おもむろに呟く。

「……精霊さんたち、どうか怒るのはもうやめてください」

祈りを捧げ始めた刹那、ずどんっと頭に雷が落ちたような衝撃が走った。辛いとか苦しいとか、そんな言葉で表現できるような生易しいものではない。頭からつま先まで、四方から引き裂かれるような激しい痛みが、絶え間なく襲ってくる。

エスターは病弱でよく床《とこ》に臥せることがあったが、これほどの痛みを受けたことはなかった。

「ぁあっ……ぅ……ああっ、痛い痛い痛い……！」

「「エスターッ！」」

エスターは転がるように倒れ、芝生を必死に握り締めた。エスターにむしられた芝生がぱらぱらと地面に舞い落ちていく。どうにか苦痛を和らげようと、手に力を込める。綺麗に整えられた爪の間に土が入っても、それに構う余裕などなかった。

「こんなの、耐えられないっ。お母様、止めて……！　助けて！」

「それはできないのよ、エスター……！　一度痛み始めたらしばらくは治まらないの。どうにか辛抱してちょうだい。全ては王家の地位を守るためなのよ……！」

「うそっ……痛い！　アアッ、痛いよぉ……っひぐ」

ヴィンスとアナスタシアに背を擦られながら、痛い、痛い、と叫び身をよじる。

泣いても叫んでも、苦しみから誰も救い出してはくれなかった。ようやく三十分ほどして苦痛が治まったとき、エスターの愛らしい顔は涙と鼻水でぐちゃぐちゃになり、髪や衣装もぼろぼろに乱れてしまっていた。

精霊の呪いの威力を身をもって思い知り、愕然とする。

（こんなものをお姉様は何年も耐え続けていたの……!?　正気じゃないわ、こんなの気がおかしくなる。私には――とても耐えられない……）

一度きりの礼拝がすっかりトラウマになったエスターは、この日から体調不良を口実にして――礼拝に一切行かなくなった。

そして、アントワール王国には雨が全く降らなくなったのである。

アントワール王国に雨が降らなくなって一週間。女王アナスタシアは慰霊碑の前にひとり立っていた。

「どうにかして、エスターに礼拝を捧げさせなくては……」

そう小さく呟きながら、爪を噛む。

精霊の呪いについて世に知られるようなことがあれば、王家の立場は悪くなる。自分が安全に暮らしていくためには、王家直系の誰かが犠牲にならなくてはならない。

するとそのとき、上から聞き慣れた声が降ってきた。

「ご自身が礼拝を捧げるという考えにはならないのが、あなたらしいな」

振り返ると、そこに王配リューリフが立っていた。彼は最低限の自分の仕事はこなすが、家族に対しては無関心だった。アナスタシアとリューリフは政略結婚で、ふたりの間に愛情のようなものはない。

アナスタシアもエスターと同じく、王家の純粋な血を引いている。しかし、若いころ経験した礼拝がトラウマになっており、政務を言い訳にしてエスターに押し付けようとしているのだ。

「それは……っ、政務に支障が出るからで……」

「痛みから逃げているだけでは？」

図星を突かれたアナスタシアは、顔をしかめた。

「あの壮絶な苦しみを知らないから簡単に言えるのよ。ノルティマが礼拝で苦しんでいたとき、なんの気遣いもしなかったそなたに、そんなことを言う資格はないわ」

「その通りだ」

リューリフは開き直った様子でそう言い、おもむろにいつも胸に下げているペンダントを指先で撫でた。王配のためにあつらえた上等な衣装にそぐわない、古びた鹿革の紐の先に、半分に割れたような星の飾りがついたペンダントが輝いている。彼が結婚する前から後生大事に身につけているそれは、想い人と対になるものだ。家族に対して無関心だったリューリフは、政略結婚してからの二十年間、ひとりの女性だけを想い続けている。

「哀れね。そなたの兄が急死さえしなければ、愛する人と添い遂げられたというのに」

「それはお互い様だろう」

「………」

アナスタシアの本来の結婚相手――王配になるはずだったのはリューリフの兄だった。いつも笑みを浮かべていて、虫も殺せないような優しい彼のことを、アナスタシアは深く愛していた。彼の訃報を聞いたときの絶望は、鮮明に覚えている。今でも時々、あの人との幸せな日々を夢に見る。

「二十年、この結婚を受け入れられずにいた。だが、私が抱える事情と娘たちは関係なかった。今になって、もう少しノルティマのことを気にかけてやればと……」

「リューリフ、そなた……」

　そのとき、リューリフは片方の瞳から一筋の涙を零した。彼の涙を見るのは、初めてのことだった。

第二章

謎の少年との旅の始まり

謎の少年エルゼに出会い、そのままアントワール王国を逃げることにしたノルティマ。アントワール王国では、失踪した王太女のことで連日大騒ぎになっていた。

荷馬車で移動すること数日、ふたりはアントワール王国の隣国に向かっていた。荷馬車が動いている途中、車輪が大きな石を踏んで、荷台ががたんっと大きく揺れた。

「わっ――」

バランスを崩してよろめいたノルティマを、エルゼが抱き留める。ノルティマも咄嗟に、彼の腕を掴んでいた。子どもに見えても、その腕はしっかりしていて、彼が男の子なのだと分かる。

「大丈夫？」

「ええ、平気よ。ありがとう」

「倒れないように、その辺に掴まっていた方がいいかもね。それとも、このまま俺に掴まっておく？」

不敵な笑顔を浮かべるエルゼにそんな提案をされ、ノルティマの顔がかあっと赤くなる。いくら歳が離れているとはいえ、異性とくっついたまま移動するのは恥ずかしい。

「お、お構いなく……」

王宮で仕事に追われるばかりだった初心なノルティマは、異性に触れることなど経験がなく、最後の方は尻すぼみになってしまう。エルゼに掴まっている手を放せば、彼はどこか名残惜しそうにその手を戻した。

意識している自分が情けなく、姿勢を戻しながら、決まり悪げに目を逸らす。そんなノルティマの思いを全て見抜いたように、エルゼは小さく微笑んだ。

（というか私、臭くなかったかしら……？）

今度はそんな心配がノルティマの頭を悩ませる。実のところ、王宮を飛び出してきてから、一度も身体を清めていないのだ。王宮には大浴場があり、いつでも身体を洗うことができたので、毎日清潔な身体で過ごせるのが当たり前だった。こんなに身体を洗わずに過ごしたのは、初めてのことかもしれない。

考えれば考えるほど気になってしまい、とうとう口に出す。

「あの……どこかに川とか、身体を洗える場所はないかしら。この数日、汗をかいたりしたから。エルゼも身体、気持ちが悪くない？」

「ああ、ごめん。気が回らなくて。ならこの辺りで少し休憩していこう」

荷馬車を停めてもらったあと、エルゼに近くの森へと導かれた。ノルティマは彼の後ろを付いて歩き、案内されるまま森の奥へと入っていく。しばらく歩いたあと、「少し待っていて」と言われ、大人しく従っていると、彼はすぐに戻ってきて、泉を見つけたと言った。

木々の中に、ちょうど身体を清められそうな小さな泉があった。身体を洗いたいと思ったところに、随分と都合よく見つかったものだ。透き通る綺麗な水が地表に湧き出し、水が流れる涼やかな音が鼓膜を揺らす。

木漏れ日を反射して、水面が銀色に妖しく煌めく。落ち葉を踏みながら泉まで歩き、その場にしゃがむ。手で皿を作って湧き水をすくい、そっと喉を潤した。

「冷たくて美味しい……」

ノルティマはくるりと後ろを振り返って、エルゼに言った。

「こんな場所、よく見つけたわね。先にエルゼが身体を洗うといいわ」

「いや、俺は後にする。離れてるから、ゆっくり身体を洗い流すといいよ」

「ありがとう」

すると、どこからか三羽の白い小鳥が飛んできて、ノルティマの周りを浮遊した。そっと指を差し出せば、一羽が乗った。

「ふふ、あなたも一緒に水浴びをしたいの?」

返事をするかのように、小鳥がぴっと鳴く。かわいらしさに、思わず頬を緩めたとき、エルゼが言った。

「俺が離れている間は、そいつに見張り役を任せよう」

「まあ、とっても頼もしいこと」

エルゼの冗談に、笑顔で返した。

彼が泉から去っていって姿が見えなくなったところで、ノルティマは服を脱ぎ、泉の脇の草の上に置いた。そして、片足の指先を水に入れて、温度を確かめる。冷たいが、今日の気温が高めであることを踏まえれば、入れないほどではない。白い布を片手にゆっくりと足を沈めていくと、ノルティマのお腹が浸かるところで、底に足が着いた。

（気持ちがいい……）

見渡す限り雄大な自然の造形美が広がっている。吸う空気は清らかで、身体だけではなく心も洗われるような気分だ。

木の葉の隙間から差し込んだ光が、ノルティマの陶器のような肌を照らす。深さがあるところまで歩いてから、仰向けになって、水にぷかぷかと浮かんだ。銀色の髪がふわりと水面に広がる。全身の筋肉の力を抜き、木の葉をぼんやりと見上げる。頭上から時折緑色の葉がひらひらと、水面やノルティマの身体の上に舞い落ちた。そして、ノルティマの視線の先を、三羽の鳥が旋回し、彼らが飛んだあとの場所に、小さな虹がかかる。

「綺麗……」

その幻想的な眺めに、思わず感嘆の息を漏らした。あまりの美しさに心が浄化され、ノルティマの瞳から涙が一筋流れた。美しいものに感動する心が自分に残っていたことに、安心した。

身体を洗い終わったあと、草の上に置いた服に手を伸ばす。するとそのとき、茂みの奥からがさりと音がして、蛇が現れた。ノルティマが蛇に気づいたときには、足首を噛まれていた。

「きゃああ……っ」

痛みに顔をしかめ、尻もちをつく。その刹那、ノルティマの周りを飛んでいた小鳥たちが蛇目がけて羽ばたき、くちばしでつつき出した。蛇は小さな小鳥に肉を抉られ、悶絶する。小鳥のうち一羽が蛇に嚙まれ――水の粒子となって離散した。けれど、残りの二羽の攻撃によって、一分もかからずその蛇は絶命した。

（な、何が起きたの……？）

ノルティマが目の前で起きたことに唖然としていると、また奥の茂みからがさっと大きな音がして、今度は蛇ではなくエルゼがやって来た。

「悲鳴が聞こえた。大丈夫か!?」

「蛇が、出て……」

するとエルゼは、ノルティマの左足首に嚙み跡ができていて、血が出ていることに気づいた。死んだ蛇は、元がどんな姿だったか分からないほど無惨な姿になっている。

「……」

彼は小鳥二羽をきつく睨みつけたあと、その場に跪く。片手でノルティマの足の裏をすくい、もう片方の手をふくらはぎに添えて、顔を近づけた。そして、躊躇なく傷口に唇を押し当てて、血を吸い出した。

「エ、エルゼ……!?」

肌とも粘膜とも違う何かが足首に触れ、ノルティマはぴくっと肩を跳ねさせる。しかし、エルゼ

は黙ったまま、真剣な様子でノルティマの血を吸っては吐き出しを何度も繰り返した。押し当てられた唇の感触に意識が集中してしまい、身体が熱くなって心臓の鼓動が加速する。

「……っ」

（く、くすぐったいし、恥ずかしい……）

何しろ、ノルティマは生まれたときと同じ姿のまま、草の上に座っている状態だ。つまり、全裸である。濡れた白い布がお腹に乗っているが、ほとんど隠れてはいない。平均より大きな胸も、きゅっと引き締まったくびれも、何もかも晒されている。

思考がおぼつかなくなって、声がうまく出せない。ノルティマは草をきゅっと握り締めながら、エルゼのことを見下ろす。

そしてなぜか、リノール湖でノルティマのことを救った成人男性の姿が、少年エルゼに重なって見えた。

応急処置を終えたエルゼは、唇についた血を手の甲で拭う。その仕草はあどけない少年にそぐわず、とりわけ色っぽく見えた。彼はまた、小鳥に向けて言う。

「――行け、役立たずの用心棒に用はない」

エルゼが小鳥をつんっと指先で弾くと、小鳥はまるでエルゼの命令に従うかのように、どこか遠くへと羽ばたいていった。そして、残りの一羽もその後ろを追いかけるように羽ばたいていく。エルゼは蛇の死骸を摘み上げて観察している。

「これじゃ、毒蛇なのか分からないな」

ノルティマは、声を絞り出す。

「だい……じょうぶ。その蛇に、毒はない……から」

馬術の練習をする際に使う森にもよく蛇が出るので、毒がある蛇、ない蛇はひと通り覚えている。幸いなことに、ついさっきノルティマを噛んだ蛇は無毒だった。

エルゼがこちらを振り向いたとき、ノルティマはぷしゅうと頭のてっぺんから湯気を上らせていた。ノルティマのあられもない姿に彼は目を見開き、さっと顔を逸らした。

「殴ってくれていい」

「そ、そんなことしないわ。……心配して来てくれてありがとう」

しかし、加速した心臓はしばらく治まりそうにもなかった。


そしてその翌日、ノルティマたちは隣国に到着した。商業が発達した国で、市街地には様々な店が軒を連ねている。人がひっきりなしに行き交う中、時々風が吹いてフードが外れそうになり、ノルティマはそれを押さえた。

（隣国と言えども、もしかしたらアントワール王国の王太女の顔を知っている人がいるかもしれない。できるだけ見られないようにしなくては）

さながら指名手配された罪人の気分である。そして、人目をやけに気にするノルティマの姿をエルゼは見逃さなかったが、あえて指摘することはしなかった。

また昨夜、水浴び中に小鳥が蛇から守ってくれたことについてエルゼに話した。けれど彼は、きっと疲れていたせいで見間違えたのだと言って、取り合ってくれなかった。

いやしかし、見間違いなどではなかった。目の前で、小鳥がノルティマを庇ったあと、水の粒子になって消えてしまったのだ。

アントワール王国では精霊に関する本が禁書になっていて、王族のノルティマでさえ、読むことが許されていない。だから、精霊について詳しくないのだが、異国に存在する精霊術師は、精霊の力を借りることで、水を自由自在に操ることができると聞いたことがある。あの水でできた小鳥たちも、精霊術の一種で生み出されたものなのだろうか。都合よく泉が見つかったことや、小鳥が現れたタイミングなど、疑念が積み重なっていく。

考え込んでいたノルティマだったが、エルゼの言葉で意識を現実に引き戻される。

「ノルティマ、お腹空いてない？　体調はどう？」

「え、ええ。おかげさまで気分は良いわ。お腹は……」

石畳みの街道を歩きながら、エルゼと話す。王宮を出るとき、お金も食べ物も持たずに身ひとつで飛び出してきてしまったため、この旅の途中は、エルゼが持っていた保存食を分けてもらっていた。

まさか自分が生き残るとは想定していなかったのである。

（これ以上迷惑をかけるのは、忍びないし……）

　正直、お腹はとても空いている。この通りには露店がずらりと立ち並び、肉や野菜を焼く香辛料の匂いが鼻腔をくすぐっては、いたずらに食欲を掻き立ててくるのだ。

「私はまだ大丈夫」

　エルゼに気を遣わせないように嘘を吐いたそのとき、腹部からぐぅ……と切なげな音がして、ノルティマは顔を赤くする。

「お姉さん？　今の音……」

「い、今のは、違っ――」

　ぐぅ……きゅるる……ぐうう………。一度だけではなく、ひっきりなしに空腹を訴えるお腹。みっともない音を聞かせてしまって恥ずかしくなり、「ごめんなさい」と謝る。

（ああもう、恥ずかしい……）

　入る穴はないかすぐに探しに行きたいところだが、今はどうにかしてこの音を収める手段はないかと思案するのに精一杯だった。両手でフードを引っ張って、顔を隠そうとする。

　するとエルゼは優しく微笑みながら、こちらの顔を覗き込んだ。そして、自分の両耳を塞ぐ。

「俺は何も聞いてないよ」

「嘘よ」

　それは子ども騙しにしかならないと抗議すると、彼は困ったように眉尻を下げる。

「どうして謝るの？　生理現象なんだし、恥ずかしがらなくていいんだよ。あなたが生きている証さ。それじゃ、何か食べようか」

けれどノルティマは、生理現象の他にも深刻な問題を抱えている。露店の方へ歩いていくエルゼの袖を摘んで、引き留める。

「――ま、待って」

「ん？」

「私……お金を何も持っていないの」

「なんだ、そんなこと気にしなくていいよ。俺が払うから」

「子どもに払わせるわけにはいかないわ。もう迷惑をかけたくないの」

「平気さ。俺は金持ちの子どもだから」

それでも、ノルティマはいたたまれない気持ちに苛まれる。思案を巡らせ、はっと思いついた。ローブを前で止めているブローチを外して、近くの質屋に駆け込む。大ぶりな宝石が嵌め込まれたそれは、平民の一家が数ヶ月食べていけるほどの金額になった。

（思ったよりも高く売れてよかった。最初からこうしていればよかったわね）

質屋から出て、ほくほくしたノルティマは、エルゼに決まりよく言う。

「今なら、お姉さんが何でも買ってあげるわよ」

「ははっ、あのブローチがいい値で売れたみたいだね。それは旅費の足しにして。俺のことはいいからさ」

「そう……？　ならせめて、お昼だけでもご馳走させてちょうだい。早く何か食べましょう。私すごくお腹が空いているの」

ようやく食べ物にありつけることに安堵したノルティマは、エルゼをせかすように手を取る。彼の手を引きながら軽い足取りで露店に向かう。ふたりの近くを手を繋いだ親子が通り過ぎていき、エルゼは母親に手を引かれる幼い少年を見て、一瞬だけ不満そうな顔をした。

ふたりは露店でローストビーフにサラダ、ミートパイ、ブルーベリーパイと飲み物を買い、テラス席で食べることにした。しばらく保存食ばかり食べてきたが、ようやくまともな食事ができるのだと心が浮き立つ。

白いテーブルの上に所狭しと並ぶ美味しそうな料理に、ノルティマは瞳をわずかに輝かせる。

「いただきます」

手を合わせたとき、袖が下がって、普段は隠れている左腕の火傷の痕が見えてしまった。

随分と昔にできたものなので傷自体は癒えているものの、肌にうっすらと残る痕にエルゼは眉をひそめた。

「その傷痕……」

「火傷の痕なの。見苦しいものを見せてごめんね」

「そんなことはないよ。どうして負った火傷なのか聞いても？」

「子どものころに、いじめられている幼獣を助けたことがあったの。そのときにちょっとね」

「そう。……すまない。せっかく綺麗な肌をしているのに」

気にしていないから大丈夫と微笑み、袖を上げる。だが、なぜか彼は悪いことをして叱られた子どものように、しゅんと項垂《うなだ》れた。

（どうしてエルゼが謝るのかしら？）

彼の反応を見て、ノルティマは首を傾げた。

エルゼと自分の小皿にミートパイを取り分けて、ナイフで綺麗に切って口へ運ぶ。焼きたてのパイ生地はサクサクしていて、中の牛肉にはしっかり味が染みていて、舌によく馴染む。

（おいしい……）

野菜や肉の優しい味わいが、今まで溜めてきた疲れや苦悩を溶かしてくれる気がした。

味方がひとりもいない王宮では、何を食べても味気なく感じていたのを思い出す。今のノルティマは、料理の香りを楽しみ、久しぶりに感じた食べる喜びに胸を膨らませていた。ノルティマの心を満たしているのは、料理の美味しさだけではなく、王城から解放された自由だった。

一方のエルゼは、自分は手を動かさずに、こちらが食べる様子を嬉しそうに目を細めて眺めていた。頬杖をつきながら、問う彼。

「おいしい？」

「ええ、とても。遠慮してないで、あったかいうちにあなたもお食べ」

手が止まっているのはもしかして、ノルティマの奢りだから遠慮しているのだろうか。すると、彼は予想外のことを言った。

「俺はあなたが幸せそうに食べているところが見られたら、それだけでお腹いっぱいだよ」

「ふ。何よそれ。ませたこと言って、ちゃんと食べないと大きくなれないわよ？　あなたいくつ？」

「いくつに見える？」

「当てるわ。そうね……十三歳でしょう？」

「――内緒」

すっと意地悪に笑う表情は、子どもらしくないというか、妙に色気があって大人びている。エルゼは随分としっかりしていて落ち着きもあるので、時々本当に子どもなのかと疑ってしまう。

「エルゼは秘密主義なのね」

ノルティマはそっと目を伏せる。

秘密があるのは、こちらも同じだ。自分が手紙を残して消えたアントワール王国の王女だということを、打ち明けられずにいるのだから。それだけではなく、湖の傍で倒れていた理由が――死のうとして崖から身を投げたからということも隠している。

だから、エルゼの年齢のことも、それ以上詮索しようとするのはやめた。

「それより、ノルティマは『スターゲイジーパイ』って知ってる？」

「知らないわ。どんなパイなの？」

エルゼはブルーベリーパイをひと口分フォークに刺し、続けて言った。

「母国シャルディアの伝統的な家庭料理だよ。パイの表面に、ニシンとかの魚の頭が突き刺さったちょっと前衛的なパイで」

「うそ、魚が突き出ているの？」

「祝い事のときに食べるんだ。酒にも意外と合う」

「お酒……」

確か、シャルディア王国でお酒は成人してからでないと飲めなかったはず。

「あなた、まさかお酒を飲むの？」

「あーいや、大人がそう言ってたんだ」

「本当？」

「うん。本当だよ」

ふわりと浮かべた爽やかな笑みは、嘘をついているようにはとても見えず、ノルティマも納得するしかなかった。

星を見上げる魚、という意味でスターゲイジーパイと名付けられたらしい。全く想像もつかない料理だ。

「異国には不思議な料理があるのね」

「スターゲイジーパイにはこんな面白い伝説があってね、最後まで食べ切らないと、その日の夜に魚が化けて出るっていう……」

「ほ、ほんと……!?」

「まぁ嘘だけど」

「うそ」

一瞬騙されて、肝が冷えたではないか。少年のたわいもない嘘にまんまと引っかかってしまったのが悔しくて、むっとした表情を浮かべて彼のことを睨みつける。

「何、やっぱり魚が生えたパイがあるなんて嘘だったの？　私のことをからかったんでしょう」

「はは、ごめんなさい。むくれないで。ノルティマの反応がかわいくてからかいたくなるんだ。スターゲイジーパイが存在するのは本当だから。シャルディア王国に着いたら確かめてみて」

「もう。大人をからかうものではないのよ」

「本当にごめんなさい。許してくれる？」

甘えたような声で彼が懇願してくる。その姿があまりにもかわいらしくて、庇護欲が掻き立てられる。押しに弱いノルティマに、拒むという選択肢などなかった。

「……許さないもなにも、別に怒っていたわけじゃないわ」

「そっか、あなたが寛大でよかった」

心底安心したような彼の様子に、ノルティマは小さく息を吐く。

（なんだか、エルゼのいいように手のひらの上で転がされている感じがするような）

シャルディア王国までは、あとひとつの小国を越えなければならないので、まだ長い旅になるだろう。エルゼとは十日以上一緒に過ごしているが、彼は気さくでざっくばらんな性格をしているので、すぐに打ち解けることができた。波長が合うのか、彼の傍にいるのは不思議と心地が良い。

そのとき、エルゼの口元にブルーベリーがついているのが目に止まった。

世話好きなノルティマはついつい放っておけなくて、ナプキンを持った片手を伸ばして、彼の口元をそっと拭ってやる。

「口にブルーベリー、ついているわよ」

「！」

ナプキンが口元に触れた直後、彼は驚いたのか、わずかに眉を上げる。そして、ノルティマの細い手首を掴み、熱を帯びた瞳でこちらを射抜いた。

「ノルティマ。あんまり俺のことを――子ども扱いしないで」

そう言って今度はエルゼがこちらに手を伸ばし、ノルティマの頬に手を添えた。思ったよりも大きくて骨ばった男の人の手の感触。

彼はノルティマの唇についたブルーベリーを、親指の腹でそっと唇の輪郭をなぞるかのように拭い、それを自分の口に含んだ。

「世話が焼けるのはお互い様だろう？　年上なんだからしっかりしてもらわないとね。――お姉さん？」

年下らしい殊勝な態度で『お姉さん』と呼んでみせる彼。ノルティマはまるで、間接的にキスをされたような気分になる。少年の中に色気を感じ、どきどきと心臓が早鐘を打つように加速していく。

（何これ、子ども相手にどきどきしたりして……）

騒がしい鼓動を収めようと胸を押さえてみたものの、ちっとも言うことを聞いてくれない。

ノルティマはのぼせ上がった顔を伏せ、「生意気」となけなしの反論を返すことしかできなかった。

よほどの空腹状態だったらしく、かなりの量を注文したのに、とうとうふたりで完食した。空になった皿を見下ろしながら、飲み物を飲むノルティマ。

「ふたりで全部食べ切れたわね。お店の人もきっとびっくりするわ」

「もう満腹だ。美味しかったな」

「ええ」

店の赤い屋根で小鳥たちがさえずり、昼の爽やかな風が頬を撫でる。

遠くに聞こえる街の人々の声や靴の音。何気ない日常が、ゆったりとした時間とともに流れていく。

王宮にいたころは常に政務や王太女教育に追われていて、こんな風にゆっくり食事をすることなどできなかった。一緒に食卓を囲むような親しい相手もおらず、ひとりで作業的に食べていた。

（いつも誰かに囲まれて食事をしていたエスターが羨ましかった。本当は……私もこんな風に誰かと楽しくご飯を食べてみたかった）

ふいに、ノルティマの瞳からつぅと涙が零れた。人前で泣き顔を晒すのはみっともないと分かっていても、込み上げてくる感情を抑えることができない。

次から次へと熱いものが頬を伝うのを見たエルゼは、がたんっと音を立てて椅子から立ち上がり、身を乗り出した。まるでこの世の終わりかのように、血の気が引いた様子だ。

「どうした!?　どこか痛い？　気分が悪くなった!?」

「違……うの」

ふるふると首を横に振る。

「こうして誰かと楽しくご飯を食べられたのが、嬉しくて……。今まではずっとひとりぼっちで、こういう幸せに縁なんてないと思って生きてきたから。私……こんなに幸せな思いをしていいのかしら」

「………」

妹や元婚約者からひどい仕打ちを受けてきたとはいえ、ノルティマは王太女としてのあらゆる義務を放棄してここに来た。

言ってみれば――逃げたようなものだ。

ノルティマが消えた今、王宮はきっと混乱に陥っていることだろう。これまでノルティマがこなしてきた政務や礼拝は、他の誰かがやらなくてはならなくなる。

自分の仕事を押し付けてしまうことへの、罪悪感と自責の念に項垂れる。ノルティマが抱えてきた仕事の中でも特に、精霊の慰霊碑への礼拝は辛く苦しい仕事だった。あの忍耐力のないエスターが続けられるはずがない。女王は国の象徴としての務めがあるし、なんだかんだと言い訳を並べて慰霊碑には赴かないような気がする。

しかし、礼拝の条件である王家の純粋な血を引く者に該当するのは、アントワール家のふたりの王女とアナスタシアしかいないのだ。

もしエスターが早々に音を上げて礼拝を放棄したのなら、アントワール王国には雨が降らなくなって、大地は乾き、作物は育たなくなり、国民は飢えに苦しむことになるだろう。だが、いざ自分があの国に戻ることを想像すると、背筋がぞっとして、動悸や吐き気を覚えるのだ。

今は何も考えたくない。周りのことなど考えず、自分のことだけ考えていたい。でないとまた……心が壊れてしまいそうで。

「私は……逃げてきてしまったの。自分に与えられた務めを何もかも放棄して……。私はとても愚かだわ」

「それは違うよ、ノルティマ」

エルゼはゆっくりとこちらに歩いてきて、土で服が汚れることもいとわずに、ノルティマの椅子の横に膝をついた。彼はこちらを見上げながら、慈愛に満ちた声で言う。

「あなたは愚かじゃないよ。俺はむしろ、もっと早く逃げてほしかったって思ってる。心が壊れるまで頑張らなくちゃいけないことなんて何ひとつないんだ。あなたは誰よりもよく頑張ってきたと、俺は誇りに思うよ」

「……っ！　ぅ……うぅっ……ふ……」

そんな優しい言葉、今まで誰ひとりとしてかけてはくれなかった。頑張って当然、やって当然。だってノルティマは、エスターと違って健康に生まれ、恵まれているのだから。周囲に何度も言われ続け、ノルティマもそれを信じてきた。

「ごめんなさい、突然泣いたりして……っ。すぐに泣き止む、から」

「気にしないで。感情を我慢する必要はない。あなたの涙は誰にも見られないようにするから」

エルゼは人に見えないように、ノルティマの前に立ち、囁きかける。

エルゼの優しさが凍りついた心をそっと溶かしていく。ぐすぐすと鼻を鳴らし、声を漏らしながら泣くノルティマの背中を、彼が擦りながら慰める。

「あなたはしばらく、心を休めたほうがいい。自分のことを責めないで。時には勇気を出して、辛い環境から離れることも大切なんだよ。沢山美味しいものを食べて、沢山眠って、心身を回復させることが、今のノルティマにとって一番の仕事だ」

「……そうね」

ノルティマの心はとっくに壊れていた。にもかかわらず、傷つき、ぼろぼろになったまま、折れた心を強引に引きずって生きてきた。その結果、元婚約者の『死んでくれたらいいんだがな』という言葉が引き金となり、湖に飛び降りるという行動に至ったのである。

（きっとエルゼは、私が湖の傍で倒れていた理由にうすうす気づいているのでしょう）

ノルティマが追い詰められて、冷たい湖に身を投げたのだと。

湖の中で、あの長髪の男性が助けに来てくれなかったら、きっと溺れて死んでいたに違いないし、こうして少年と楽しい時間を過ごすこともできなかった。

自分の唇に触れた男性の唇の感触が、まだ鮮明に残っているような気がする。頬に触れた大きな手の温かさも、抱かれたときの安らぎも。もっとも、彼が一体何者なのかは分からないままだが……。

（会えたらきっと、お礼が言いたい）

唇に手を伸ばすと、エルゼがその仕草をじっと見つめていた。

しかし、助けてくれたのはあの長髪の男性だけではない。エルゼが荷馬車まで運んでくれたから、王宮の人に見つからずに国を離れることができたのだ。

「あなたには感謝しているわ、エルゼ。色々……親切にしてくれてありがとう」

「礼を言うのは俺の方だよ」

「え……？」

エルゼはすっと立ち上がり、懐から取り出したハンカチで、ノルティマの涙をきわめて慎重に拭う。そして、そのままこちらを見下ろして言った。

「ノルティマのおかげで、俺は今生きている。だから、あなたの力になりたいんだ」

「ど、どういうこと……？」

「俺なら絶対にあなたを泣かせたり、悲しませたりしない」

「言っている言葉の意味が分からないわ。また何か……私のことをからかっているの？」

「さぁ、内緒」

彼は唇の前に人差し指を立てて、摑みどころのない笑みを浮かべる。しかし、すぐにその笑みが消え、今度は何もかも見透かしたような鋭い眼差しでこちらを射抜く。爽やかで端正な顔立ちに威圧が乗ると迫力が増し、ノルティが気圧されていると、彼は地を這うような声で呟く。

「あなたがこんなにやつれ、クマができるまで、そして心が壊れるまで追い詰めた本当の愚か者は――俺がこの手で、死ぬより恐ろしい目に遭わせてやる」

「……っ」

怒りを含んだ声と、並々ならぬ殺気がじりじりと伝わってきて、ノルティマは萎縮し、喉をぐっと上下させる。

自分に向けられているわけではないと分かっていても、臆さずにはいられない強い憤りだった。

「それを俺に許可してくれる？　ノルティマ」

「許可って……何をするつもりなの？」

「どうかお願い、お姉さん」

いつもなら甘い懇願に押し流されるノルティマだが、なけなしの理性を掻き集めて首を横に振った。

（エルゼは何を知っているというの？　まだ、私が王室関係者であることすら打ち明けていないのに）

異国からやってきたあどけない少年の目は、ノルティマの何を見ているというのだろうか。

「報復……は、望んでいないわ。私を傷つけた人たちのことはもう考えるのすら嫌なの。今はただ、自分のことだけに向き合っていたくて」

「……そう。あなたがそれを望むなら、俺も何もしないでおくよ。――今のところはね」

それは、含みのある言い方だった。

エルゼは、「お姉さんは優しい人だね」と言って人好きのする笑みを浮かべる。だが、もしノルティマが報復を望んだら、彼は一体何をするつもりだったのだろうか。ノルティマは、謎めいたエルゼという少年のことがますます分からなくなったのだった。

エスターは体調不良を理由に、礼拝を一切しなくなったが、およそ二週間ぶりに精霊の慰霊碑の元へと赴いた。それは礼拝のためではなく、別の目的のため。

「あった……！」

精霊の慰霊碑の隣には、歴代の王名が刻まれた石碑が並んでいる。その中から、次期女王だったノルティマ・アントワールの名前を見つけて、ぱっと表情を明るくさせる。

そして、持ってきたタガネの刃先を文字の上に置き、ハンマーで打ち付けた。少しずつ、少しずつ、その名前を削り取っていく。

（もう邪魔なお姉様はどこにもいないのだし、この場所に名前が刻まれるべき存在は――私よ）

ちょうど名前を削り取ったそのとき、上から男の声が降ってきた。

「君……一体、何をやっている？」

その声の主は――ヴィンスだった。彼とは王太女の戴冠式後に、婚約を結ぶことになっている。

「何って、見て分からない？　石碑からお姉様の名前を削り取ったのよ。もういない人の名前なんてあってても無意味でしょ？」

「……」

唖然とした様子の彼は、数秒間を置いてから言った。

「…………ありえない」

「え？」

「とても……正気とは思えない。その石碑はただの石碑ではないんだぞ!?　アントワール王家の歴史を後世に伝えるための重要な記録。そこから名前を削り取るということは、ノルティマを歴史から抹消するのと同義だ」

「それの何が……だめなの？」

「死者へのこの上ない冒瀆だと言っているんだ。たとえノルティマが気に食わなくても、やっていいことと悪いことがある。君はそんなことも分からないのか!?」

ヴィンスはいつになく怖い顔をして、こちらに迫ってくる。威圧感を真正面から受け取ったエスターは、ひゅっと喉の奥を震わせた。

「そんなに怖い顔をしないで……？　私たちはいずれ婚約者になるのよ？　もっと仲良くしましょう？」

ヴィンスは生まれたときから彼の実家の意向により、王配になることが決まっている。どの道、エスターと結婚することは決定事項なのだから、喧嘩していても仕方ないではないか。

ノルティマがいたころはエスターのことを、目に入れても痛くないというほどにかわいがってくれていたのに、ここのところどうも様子がおかしい。

「正直俺は……少し揺らぎ始めている」

「……！」

　突然打ち明けられた言葉に衝撃を受け、目を見開いた。つまり、彼は今になってエスターと結婚することに躊躇しているということだ。

「侍女からエスターが慰霊碑に向かったと聞いて、ようやく礼拝を捧げるようになったかと思って来てみればこの有り様だ。……今、雨が降らなくなったこの状況がどれほど深刻か分かっているのか!?」

　責められたエスターは、あちらこちらに視線をさまよわせながら思案し、どうにか反論を捻り出す。

「雨なんて降らなくても、川や湖の水を汲めばいいじゃない」

「君は分からないのかもしれないが、川や湖の水は、土に染み込んだ雨が流れついてできているんだ。降雨が止まれば、川や湖は干上がり、作物は枯れ果て、飲み水を得ることもできなくなる」

「そんな……。私たちはどうやって生きていけば……いいの？」

　恐ろしい事態を聞かされ、最後の方は尻すぼみになっていく。

「このまま雨が降らなければ、それこそ甚大な被害が出るだろうな。ふた月雨が降らないと、各地の渇水が深刻になる。そうなれば民は王家に不満を向けるかもしれない。そして万が一、精霊の呪いの真実に気づかれれば、全民がアントワール王家へ反旗を翻すだろう。つまり、タイムリミットが刻一刻と迫っているということだ」

　エスターは慰霊碑を見下ろしながら、ごくんと喉を鳴らした。

　けれど、どうしてこの国に雨を降らせるために、エスターたったひとりが犠牲にならなくてはならないのか。

（そんなの……御免よ）

手を口元に添え、瞳をしっとりと潤ませ、上目がちに彼を見つめる。こうしてかわいらしく甘えるエスターにヴィンスはめっぽう弱くて、なんでも言うことを聞いてくれる。

「でも……私にはとても無理よ。だって私は健康的なお姉様と違って、身体が弱いから……」

「それは嘘だろう？」

「えっ……？」

ぎくり、と顔をしかめるエスターにヴィンスは「やはりな」と冷笑混じりに言った。

礼拝に行かない口実に体調不良を使ってきたが、不審に思ったヴィンスは主治医にエスターの具合を確かめたという。そして、エスターの体調不良が嘘であることを知ったそうだ。

なるほど、彼の様子がおかしかったのはそういう経緯があったというわけかと納得する。

「君は子どものときのように虚弱体質ではなくなっているそうだな」

「違っ」

「それなのに、主治医を脅して嘘の診断書を書かせていた。俺や、女王陛下、王配殿下の気を引くために」

「違う、違う……」

「違わない、全て真実だ。俺たちは病弱なふりをする君の猿芝居に、ずっとずっと——騙されていたんだ」

「――だから違うって言ってるでしょ!!」

エスターの叫び声が辺りに響き渡り、その声に、鳥たちが一斉に飛び立つ。

（ああもう、どうして思い通りに動いてくれないのよ。……イライラする）

ヴィンスを睨みつけながらずいと迫る。そして、底冷えするような、低く冷たい声で言い放った。

「もう後戻りなんてできないのよ。今更自分だけ逃げようとしたって無駄。お姉様は――私たちが殺したの」

「………っ」

ノルティマを死に追いやった原因は、ヴィンスにもある。それは純然たる事実だ。今更まともな人間のように振舞ったところでもう遅い。

「もし自分だけ逃げたら、ヴィンス様がお姉様にしたことも言いふらすから。『君が死んでくれたらいいんだがな』って言ったこととかね」

自殺教唆をしたと世間に知られたら、ヴィンスの立場がなくなるだろう。もしかしたら大逆罪を問われて、その首とお別れしなくてはならないかもしれない。

普段の純真無垢であどけないエスターにそぐわない、恐ろしい表情と声にヴィンスは萎縮し、背筋が粟立つのを感じた。エスターはにこっと恍惚とした笑みを浮かべて言う。

「私はね、いつも一番でいないと気が済まないの。ようやくお姉様が消えたから、ヴィンス様も、女王の座も手に入る……。ふふっ、私はみんなに愛されて誰より幸せな存在になるの！」

ノルティマの捜索はとうとう中断され、死亡したことになった。きっともう生きてはいないだろう。何もかも自分のものになったと思うと、必死に堪えていなければ頬がつい緩んでしまいそうになる。

エスターの愛らしい皮の奥に隠された、尋常ではない野心をありありと感じたヴィンスは、言葉を失っていた。

愉悦に浸ってくつくつと笑うエスターだったが、その夢は——戴冠式で打ち砕かれることになる。


二週間ほどさらに移動して、ノルティマたちはシャルディア王国の隣の小国まで来ていた。

馬車に揺られながら、ノルティマは夢を見ていた。エルゼとの楽しい旅はほんのひとときの幻で、まだ自分がアントワール王国の王宮に囚われているという……悪い夢。

「ノルティマ、あなたは王太女なのだからしっかりしなさい！　今日の礼拝はまだなの？　早く慰霊碑へ行きなさい。あなたが苦痛から逃れれば、この国の大地は涸れて、わたくしたち一族の失権に繋がってしまうのよ！」

「お姉様はずるいわ。私とは違って健康なんだもの。お姉様が持ってるもの、ぜーんぶちょうだい。ねっ、いいわよね？」

「今日はエスターと観劇に行ってくる。なんだその顔は。僕に不満があるのか？　政務……？　そんなの、君が代わりに俺の分もやってくれたらいいだろう？　病弱でかわいそうな妹を少しでも幸せにしてやりたいと思わないのか!?」

　夢の中でノルティマは首輪をつけられ、どこかに繋がれていた。

　どこにも逃げられない無防備なノルティマに、アナスタシアやエスター、ヴィンスが延々と命じてくるのだ。

　働け、働け、働け……。

　お前に休む暇などない。そんな暇があったら手を、頭を、体を動かし続けろ――と。

　ノルティマの身体は全身傷だらけで、疲弊しきって、ぼろぼろだった。それでもなお馬車馬のごとく働かされる。少しでも休んだら、四方から鞭が飛んでくる。

　頭の中に注がれる妹たちの声は収まらずに、ノルティマをどこまでも追い詰めようとしてきた。

「やめて……っ。私はもう疲れたの、少しくらい休ませて……っ！」

　ノルティマは泣きながらうずくまり、両耳をぎゅうと押さえる。

（うるさい、うるさい、うるさい、うるさい……！）

　もう誰にも支配されたくないのに。

　心はとっくに砕け散っていて、思考はおぼつかない。もう何も考えたくない。やめて……！

「ノルティマ！　次期女王としての務めを果たしなさい！」

「お姉様はずるいずるいずるい、だから幸せにならないで」

「俺の仕事をやれ！　働け、ノルティマ」

頭の中にひっきりなしに響き続ける騒音に、ノルティマは小さく小さく縮こまって、駄々をこねる子どものように泣きじゃくるしかできなかった。


「――マ。ノルティマ」

「ん……」

降り注ぐ優しい呼びかけとともに目を覚ますと、涙でぼやけた視界が、エルゼの心配した表情を捉えた。

そっと半身を起こせば、瞳に溜まっていた雫がほろりと頬に溢れ落ちる。それを指で拭っていると、彼がたいそう心配げに言った。

「ひどくうなされていたから声をかけたんだ。……悪い夢でも見ていた?」

「ええ。とても、悪い夢を……」

悪夢の名残なのか、ノルティマの手はかたかたと小刻みに震えていて、心臓は激しく脈打っている。

すると彼は、ノルティマの震える手に自身の手を重ねた。

「夢は夢だよ、ノルティマ。ここにあなたを苦しめるものはない。もしそんなものがあったとしても、俺が必ず守るから」

手の甲に感じるずっしりとした手の重み。まだ子どもだと思っていたけれど、実際にこうして触れ合ってみれば、彼の手はノルティマの手よりも一回り大きくて骨ばっていて、れっきとした男の子なのだと分かる。たくましい手に包まれて守られているような心地になり、手の震えが徐々に収まっていく。悪夢から意識が現実に引き戻されていく感じ。

「ありがとう。エルゼ。あなたの手は温かいのね。……子どもは基礎体温が高いっていうけれど、本当なのね」

「あ、また子ども扱い」

ムキになって指摘する彼に、はっとして謝罪する。

「ごめんなさい。つい」

「まぁ、それであなたの手を温められるなら、子どもでも構わないけど」

「ふふっ、何よそれ」

思わず頬を緩めると、釣られたかのようにエルゼも頬を緩める。

「──やっと笑った」

「え……」

「悲しそうな顔より、あなたは笑顔の方がよく似合う」

彼はそう褒めてくれるけれど、エルゼの笑った顔も雲間から差した陽光のように眩しく、年相応のあどけなさがあってかわいらしい。けれどまた、あどけないなどと子ども扱いをしたら拗ねてしまう気がして、喉元まで出かかった言葉を呑み込む。

その後、宿屋で数日休養を取ることにした。煉瓦造りの小さな宿を、中年の女性ソフィアが営んでいる。ソフィアは素朴だが美しい容姿をしており、気さくでざっくばらんだった。養子のセーラが宿を手伝っており、ふたりともノルティマに親しみを持って接してくれていた。セーラはノルティマより少し年下のように見えた。

二日目の夜、夕食を外で済ませて宿に帰ったとき、ソフィアとその娘のセーラが喧嘩をしていた。

「もう遅いんだから、明日にしなさいって言ってるでしょ!?」

「嫌だっ、行くったら行くの！　離してよ！」

「今から探しに行ったってこんなに暗いんじゃ見つからないわ。諦めて明日にしなさい！」

受け付けのカウンター越しにふたりは揉めていて、ロビー中にその声が響き渡る。ソフィアは玄関から入ってきたノルティマの姿を見て、はっと我に返る。彼女はきまり悪そうに詫びを口にした。

「あらまぁ、お恥ずかしいところをお見せしてしまい申し訳ございません」

「いえ……」

よその家庭の問題に首を突っ込むべきではないと思いつつも、気になって尋ねる。

「何か、お困りごとですか？」

「実は、ベスが――」

セーラが何かを言いかけるが、ソフィアが咄嗟に彼女の口を手で塞ぐ。

「ああ、お客さんはお構いなく。どうぞゆっくり休んでくださいな」

「ん……んんぐ」

　少女は身じろぎ、母親の手を振りほどいて叫んだ。

「飼ってる犬がいなくなったの！　お願い、探すのを手伝って！」

「こら、お客さんに迷惑をかけるんじゃないよ！」

「何よっ！　母さんは仕事ばっかりで、ベスのことはどうでもいいの？　あたしがベスをどんなに大事に思ってるか知ってるくせに！　あっそう、母さんはあたしのことなんて大切じゃないんでしょ。あたしが血の繋がってない子どもだから――」

　そのとき、夫人の顔がわずかに歪む。

「～っ、いい加減におし！」

「――痛っ」

　ソフィアはセーラの頭にごつん、と拳を落とす。事情を聞いたノルティマとエルゼは顔を見合わせた。確かに今は日が暮れており、少女が出歩くには危険だ。けれど、セーラが心配するのも理解できる。

「分かったわ、ぜひ手伝わせてちょうだい。でも今夜は遅いから、お母さんの言う通り明日にしましょう。もしよければ、どんな見た目の犬か教えてくれる？」

「赤い首輪がついてて、小さくて白くて片耳が……ないの。絵を描いた方が早いわ。スケッチブックを持って来るからちょっと待ってて！」

　セーラはカウンターの奥の部屋へとぱたぱたと走って消えていく。その背にソフィアが手を伸ばしながら声を上げた。

「ちょっと、待ちなさいセーラ！　もう……本当に仕方がない子なんだから。本当によろしいんですか？　せっかく身体を休めに来たっていうのに……」

「ええ。見つかるかは分かりませんが、お嬢様の不安が少しでも紛れるのならぜひ」

「まぁ、なんて優しいの……。うちの子も見習ってほしいくらいです」

ノルティマがふわりと微笑むと、その横でエルゼが苦笑を零した。

「彼女はこういう人なんですよ」

そんな彼にノルティマが言う。

「手伝ってもいい？」

「あなたのお好きなように」


ほどなくしてスケッチブックとペンを小脇に抱えたセーラがロビーに戻ってきたので、ノルティマは彼女を自室に招いた。ちなみに、エルゼとは別の部屋に泊まっている。

セーラが飼っている犬のベスがいなくなってしまったのは三日前からだそうだ。彼女が犬の絵を描いている間、ノルティマは紅茶をふたり分淹れた。セーラが使っているテーブルに、紅茶の入ったティーカップを置いたのと、絵が完成したのはほぼ同時だった。

「できた、ほら見て。この子がベス。かわいいでしょ」

「わ、すごく上手。画家さんみたいね！」

「……！」

完成した絵を眺めながら、ノルティマは感嘆の息を漏らす。賛辞を口にすると、彼女は照れくさそうに頬を染めた。

「あ、ありがとう」

すると、セーラは寝台にぽすんと腰を下ろし、両手を後ろについた。そして、憂鬱げに呟く。

「私ね、本当は画家になりたいの。でも、うちは食べていくだけで手一杯だから学校には行けない。それにきっと、画家になりたいなんて言ったら馬鹿にされるに決まってるしね」

「そんなことは……」

「そんなことあるよ」

宿の経営が厳しいらしく、彼女はソフィアに自分の将来の夢のことを打ち明けられずにいた。

「母さんは薄情。ベスだって大切な家族なのに、仕事のことばっかり優先して、探すのを全然手伝ってくれないの。昔からそう。あたしのことを引き取ったのだってどうせ、この宿の仕事を無償で手伝わせる人手が欲しかっただけ。あたしなんて、ただの労働者くらいにしか思われてないんだ……」

最後の方は尻すぼみになっていき、彼女の目にじわりと涙が滲む。

「セーラさん……」

彼女は宿を経営するソフィアに引き取られてから今に至るまでを、ぽつりぽつりと打ち明け始めた。彼女は八歳のころに唯一の肉親だった母親が死に、路頭に迷いかけたところ、亡き母の親友だったソフィアに引き取られて養子となり、十五歳になる現在まで育てられた。ベスはセーラの実の母親が生きていたころから飼い続けているらしい。

ソフィアは、宿の運営のため忙しく、なかなか構ってくれなかったという。セーラも宿の仕事を手伝う毎日で、家族と一緒に旅行に出かけたりして休日を楽しく過ごす周りの子どもたちが羨ましかったらしい。

「——なんてね。私を引き取ってくれたこと、本当は感謝してるの。でもずっと、あの人に迷惑をかけながら暮らしてることに負い目を感じてた。できるだけ早く自立して、これ以上迷惑をかけないように家を出るんだ」

ぐすぐすと鼻を鳴らすセーラにハンカチを差し出しながら、ノルティマは思った。

(ソフィアさんは本当に、セーラさんのことをなんとも思っていないのかしら)

ノルティマもこれまで、家族に軽んじられてきた。けれど、ノルティマとセーラの事情は違うように思えた。

「それに、あたしがここにいたら、母さんは好きな人と一緒になれないし……」

「好きな人？」

「母さんね、もう四十歳手前だけど、二十年くらい、婚約者が迎えに来てくれるのを待ち続けてるの。その人がこの国に留学してきたときに出会ったらしくて。すっごく好きだったみたいなんだけど、ある日突然別れを告げられて、必ず迎えに行くって言い残していなくなったんだって。それでもずっと、馬鹿みたいに信じて待ってる。ほら、母さんが首にかけてたペンダント、その人と対になってるんだって。職人に特別に作らせた――世界にふたつしかないデザインだとか」

「世界に、ふたつだけ……」

「かなり身分が高い人みたいだったし、遊ばれただけじゃないかって密かに思ってるんだけどね。これ、内緒ね」

　セーラはそう言って、しっと人差し指を口の前に立てる。

　確かにソフィアは、胸にペンダントを下げていた。そして、そのペンダントには見覚えがある。ノルティマの父リューリフの胸に、よく似たものがいつも輝いていた。

（私、その相手のことを知っているかもしれないわ）

　しかし、セーラを混乱させないようにそのことは自分の胸に留めた。

「……それより、もしよかったら一緒に、ベスの迷子犬ポスターを作らない？　あなたは絵がとっても上手だし、街に貼ったら手がかりになるはずよ」

「それ、いいね！　やろうやろう」

　セーラは乗り気で、必要なものを準備した。ふたりは机に向かい合いながら、作業を始める。セーラはペンを持ちながら、こちらに話しかけた。

「あたしの話は沢山聞いてもらったから、今度はノルティマの話を聞かせて？」

「私の話を聞いたって、つまらないわ」

「たわいもない話でいいんだよ。夢の話とか、好きな本とか、嫌いな人の愚痴とかなんでも。ノルティマのことが知りたいな」

「苦手な人なら……いるわ」

ノルティマはポスターにペンで文字を書きながら、両親や妹と折り合いが悪いことや、元婚約者に面倒事を押し付けられていたことなどを、人物の特定に繋がらない範囲で話した。すると、セーラが手に持っていたペンの先をポスターに刺し、声を上げた。

「何それ！　ムカつく！　いるよねー、一生懸命頑張ってる相手に文句ばっかり言う人。宿にも色んなお客さんが来るんだけど、カーテンの色が気に入らないから替えろとか、部屋が明るすぎるとか、お前は無能で使えないとか、めちゃくちゃな文句言ってくる人いっぱいいるよ」

「そういうときは、どう対処するの？」

「貴重なご意見ありがとうございます！　って笑顔で言って、心の中ではチェストの角に足の小指をぶつけますように！　って願ってる」

「ふっ……ふふ、おかしい」

「あとはこうやって、誰かに愚痴ったりとかね。どう？　ノルティマもスッキリした？」

「ええ」

「ノルティマももっと怒っていいと思うよ！　やられっぱなしじゃだめよ！」

「じゃ、じゃあ私も、心の中で靴下の中に小さな砂利が入るよう願うことに……するわ」

「あははっ、確かにそれ、絶妙にイラつくやつ。いいね、あたしも今度使おっと」

セーラはころころと表情を変えながら、ユーモアを交じえつつノルティマの話を聞いてくれた。

いつの間にか彼女と話すのが楽しくなり、ノルティマはポスターを描いていたことを忘れ、セーラとのお喋りに花を咲かせるのだった。

完成した捜索ポスターを持ってひとり、ロビーに下りると、ソフィアがカウンターでうとうとしていた。

「ああ、お客さん。どうかしたかい？」

「ごめんなさい、起こしてしまいましたね」

「いや、いいよ」

カウンターの上には、彼女が描いたらしい迷子犬の捜索ポスターが大量に散乱していた。

「これは明日、街に貼りに行こうと思っててね」

「この真ん中の絵は……」

「何って、ベスに決まってるだろう？」

ポスターの絵を眺める。どこが頭で、どこが胴体なのかもよく分からない、奇妙な物体が描かれている。

（ソフィアさんは絵が苦手――いやいや、そんな風に思うのは失礼よね）

芸術は良い悪いで判断するべきではなく、心で感じるものだ。

紙をそっと手に取り、首をあちこちに傾げたり、目を凝らしたりして、ベスの特徴をどうにか捉えようと努めた。しかし、絵を読み解いている最中に彼女が言う。

「……さっきから紙が逆さまだよ」

「へっ!? 嘘、ごめんなさい……!」

大慌てで紙をひっくり返してみたものの、やっぱりどこが頭で、どこが胴体なのか分からない。難解すぎる絵に頭を悩ませるあまり、とうとうノルティマが唸り出すと、隣からふっと笑いが漏れた。

「ふっ、あははっ。下手なら下手って言ってくれていいのに」

「え……」

「気遣ってくれてありがとう。あんたは優しいんだね。でも私は、セーラと違って、昔っから絵を描くのは苦手なんだ」

配慮していたのを見透かされて、いたたまれない気分になる。ソフィアの目の下にはクマができており、このポスターを寝る間も惜しんで描いていたことが想像できた。ノルティマは、先ほど部屋で泣いていたセーラの姿を思い出し、思い切って言ってみることにした。

「余計なお世話かと思いますが、その……もう少し、セーラさんと過ごす時間を作ることは難しいのでしょうか」

「ははっ、セーラになんか言われたんだね」

「……」

ノルティマの沈黙を、ソフィアは肯定と捉えた。彼女は、ノルティマが持ってきたポスターに描かれている、セーラの絵を眺めながら言う。

「実を言うと――あの子をさ、絵の学校に行かせてやりたくてね。セーラは絵が上手いだろう?

ずっと、絵の学校に通いたがってるんだ。あの子の才能を活かせるように、最大限支援してやるのが親の務めってもんだろう？」

　そういえば先ほど、セーラは絵の学校に通って画家になりたいのだと言っていた。

「本人は私に遠慮して本当のことは言わないが、夢を諦めてほしくなくってね。私の弟に宿を継がせるつもりでいるから、この宿のことは心配せず、やりたいことをやってほしいんだ。そのためにお金を貯めていてね」

　そう言って目を細める表情は、母親の顔だった。

　セーラを養子として迎えて間もないころ、セーラはソフィアに捨てられないか心配し、気を遣って一生懸命働いていたそうだ。しかし、だんだんとお互いに遠慮がなくなっていき、今ではしょっちゅう喧嘩ばかりしているそう。

「血の繋がりはなくたって、実の子どもだと思ってる。でもだめだね、あの子に苦労ばっかりかけちまって……親失格だよ」

「そんなことありません！　私は……羨ましいです」

「羨ましい？　毎日言い合ってばっかなのがかい？」

　ノルティマと両親の関係は希薄だった。王宮内の仕事や礼拝を強制されることはあっても、それ以外に会話はない。ノルティマに対する愛情を感じることもなかった。

　セーラとソフィアの様子は、ノルティマの目にはありふれた、温かくて仲のいい親子の姿として映った。

「おふたりのことが私には眩しく見えます。どうか、その思いをご本人に伝えてあげてください」

セーラもきっと、ソフィアに対する愛情がないというわけではないのだ。ただ、寂しくて、愛情を確かめたいだけで。ノルティマが眉尻を下げて憂いを帯びた笑みを浮かべると、ソフィアは眉をひそめた。

「あんた……」

ソフィアが一瞬、同情した様子で眉をひそめたとき、ノルティマは彼女のペンダントを指差して言った。

「そのペンダントの片割れの持ち主を、まだ想っていらっしゃるのですか」

「やれやれ、セーラったらまた余計なことを喋ってくれたね。――ああ、ずっとさ」

そう呟いた彼女は、寂しげに目を伏せた。

もしこの持ち主が本当に王配リューリフなら、父も決して幸せではなかったのだろう。不本意な結婚により、愛する人と離れ離れで生きなくてはならなかったのだから。リューリフが今も王配という立場にいることから、自分の意思では結局、運命に抗えなかったのだと分かる。

しかし、ソフィアとリューリフは違う。血の繋がらない娘を慈しむソフィアに対し、血が繋がっている娘に無関心で親としての責任の一切を放棄してきたリューリフ。どんな過去や苦悩があったとしても、リューリフが無責任で軽薄な男であることに変わりはない。父のことは良く思っていないが、彼もノルティマと同じように立場に縛られ、自由を制限されてきたのだと思うと、少しだけ同情した。

「私はもう休みますね。お休みなさい」

ノルティマはお辞儀をして踵を返す。

すると、ロビーの階段で、壁の陰に隠れながらセーラが肩を震わせていた。ずっとここで話を聞いていたようだ。

「……っ」

両目からぽろぽろと涙を流した彼女は、ソフィアの元に飛び出していった。

「母さんっ、ごめんなさい……っ！」

ソフィアに縋るように抱きつきながら泣くセーラの後ろ姿を微笑ましげに一瞥したあと、ノルティマは自室に戻るのだった。何も持っていないノルティマには、血の繋がりがなくとも強い愛情で繋がるふたりが、まるで強い光のように眩しく見えた。


自室に戻り、部屋の窓を開けて夜空をぼんやりと眺める。星々が妖しく煌めき、夜の冷たい風がノルティマの輪郭を優しくなぞっていく。遠くで夜の虫が鳴いており、ノルティマの鼓膜を揺らした。

「――まだ眠れないの？」

隣から声がして、はっと振り向くと、エルゼが窓の枠に腰を乗せて、こちらを見ていた。

「夜更かしは美容の敵だよ、お姉さん」

「あなたこそ、早く眠らないと大きくなれないわよ？」

「はは、それは困ったな。雲に手が届くくらい背を伸ばそうと思ってるから」

ふたりは顔を見合わせて、互いに笑い合う。ノルティマは先ほどのセーラとソフィアの話をエルゼに共有した。ソフィアに抱き締められるセーラの姿が、今もなお脳裏に焼き付いている。

「セーラさんが羨ましいわ。私も……あんな家族が欲しかった」

自分と両親の関係が普通ではないと気づいたときから、温かい家族に憧れを抱いていた。王宮の窓から、親子が手を繋ぎながら庭園を歩いているのを見かける度、羨ましく感じていた。そして同時に、自分には縁のない世界なのだと諦めてもいた。

「ないものねだりね、結局みんな、自分が持っているもので満足できずに、他の人が持っているものを羨ましく思ったりする」

健康的な身体があって、食べるものにもお金にも困ることなく、生きてきた。それでも、いつも心は満たされず、不幸せだったのだ。

「でもそれは、悪いことではないよ。ノルティマ」

「羨ましいと思うことが？」

「そう。望み、向上しようとし続けるのが、人間の本質だ。欠乏感があるからこそ満たしがあり、寂しさがあるからこそ、安らぎがある。どちらかが欠けても、成り立たないものだ。だから、いくらでも羨んでいいんだよ。それは裏を返せば、幸福に繋がるサインだから。どこに向かうべきか教えてくれる道しるべを見逃さないようにね」

もし、自分の心に耳を傾け、行動していたら、何かが変わっていただろうか。あの王宮で、自分なりの幸せを掴めていたのだろうか。……いや、あそこには、ノルティマが望む幸せはなかった。ノルティマの心が耐えられなかったから、王宮を飛び出してきたのだ。

「家族……か」

彼は窓の枠から下りて、ノルティマのように夜空を見上げた。横顔は、見た目のあどけなさに反して随分と大人びていて。その表情からは、彼が何を考えているのか読み取ることができない。エルゼはどこか掴みどころがない少年だ。

「俺も、家族と呼べる存在がいたことがないから、よく分からないな」

ノルティマは息を詰める。少年の彼には当たり前に両親がいて、彼のことを愛おしく思っているのだろうと想像していた。エルゼのような優しくて利口な少年は、愛情を受けながらしっかりした教育を受けてきたのだろうと。以前、自分はお金持ちの子どもだと言っていたが、両親は彼が生まれる前に亡くなってしまったのだろうか。ますます謎が深まっていく。

「家族が欲しいと思ったことは……ある？」

「ないよ」

エルゼは一も二もなく答える。

「俺はノルティマや普通の人とはたぶんちょっと、感覚が違うんだ。寂しさって感情が、あまり分からない。そして、安らぎを感じることもない。ただここに、漂うように存在しているだけ」

（寂しさも、安らぎもない……？）

そう語る彼の横顔は人形のように精巧だった。星明かりに照らされているせいか、神秘的で、人間とは別の存在かのように思わされる。本当に不思議な人だ。

「だが、俺が生きてきた中で何度か、心が大きく揺さぶられることがあった。一度はもう随分昔だったけど、大切にしていたものを壊されたときの激しい怒り。そして次は――」

窓枠に腕を置いたエルゼは、こちらをまっすぐ見据えた。そして、甘やかに告げる。

「こうして――あなたに会うとき」

神秘的で妖艶な少年の言葉に、心臓が忙しなく音を立て始める。息を呑んで、彼の言葉の続きを待つ。

「自分でも不思議なんだ。ほとんど何にも興味を持ったことがなかったのに、あなたのことは知りたいし、心に触れたいと思っている。もっと言えば――あなたが欲しい」

「ほ、欲しいって……私は物じゃないわ。友達になりたいってこと……?」

「惜しいけど、まぁそんな感じかな」

ノルティマもエルゼと同じだ。彼に会い、色んな表情を見ていくうちに、どうにも心がざわめき、波のように動く。ひとつだけ確かなのは、エルゼがノルティマの空っぽだった心を、優しくて温かい何かで満たしてくれていること。

「友達とか、仲間とか、家族とか……どれも、私にはまだよく分からないの。エルゼに対して抱いているこの温かい気持ちが、なんなのかも……」

「なら、こうして気ままに過ごしながらのんびり探していこう。この関係に名前がつくまで」

それは、この旅が終わったとしても、関係を切らずにいてくれるという意味なのだろうか。

するとエルゼは、ノルティマには聞こえない小さな声でぽつりと呟いた。

「……俺が望む関係は、その中にはなさそうだけど」

一方、ノルティマはどこか、ふわふわとした心地だった。名前だけの関係しか知らなかった自分が、誰かと心で繋がろうとする日が来るなんて、思いもしなかった。

「ありがとう。なんだか、とても幸せな夢を見ているみたい」

ふわりと笑うと、エルゼはわずかに眉を上げた。

勢いのまま王宮を飛び出してきた。自分が何を望んでいるのか、どうしたら満たされるのか、自分の心なのによく分かっていない。それでも、エルゼと一緒に、焦らずにゆっくり探していけばいいと思えた。王宮から離れたことでようやく、長いことほったらかしにしてきてしまった自分の感情に向き合う時間ができた。少しずつ、夢を育てていこう。

「犬、見つかるといいな」

「……ええ」

「首輪が付いてるし、きっと親切な誰かが保護してくれるさ」

しかし、世の中はエルゼのように親切な人ばかりではないことを、ノルティマは知っていた。


翌日、ノルティマは、ベス捜索のポスターを街中に貼りながら、ベスを探す手伝いをした。許可を取って民家の塀にポスターを一枚貼っていたら、強い風が吹いてポスターが舞い上がった。

「あっ――」

飛んでいく紙に手を伸ばしかけたとき、エルゼがキャッチした。

「ナイスキャッチ」

「それで最後の一枚？」

「ええ。少し休みましょうか」

近くのベンチに座ると、彼は革製の水筒をこちらに見せてきた。

「ノルティマはここに座って休んでいて。喉が渇いたでしょ？　飲み水を探してくる」

「あなたばかり色々やらせて悪いわ。私も一緒に――」

「このくらい大したことじゃないし気にしないで。あなたの手を煩わせたくないんだ。すぐに戻ってくるから」

「エルゼ……。あなたって本当に優しくて気が利くわね」

「誰にでも優しいわけじゃない。ノルティマは――特別だから」

こちらに爽やかに微笑みかけてから、彼はくるりと背を向けて行ってしまった。

「とくべつ……」

彼が残した言葉を反芻する。

特別扱いされたのは、生まれて初めてだ。なんだか、ふわふわとした落ち着かない心地になる。

旅の途中で、水汲みに行くのは基本的にエルゼの仕事だ。彼はいつも、不思議なくらいにおいしい水をどこかから汲んでくる。この辺りに水を汲めるような場所はないだろう、というときでも、ほんの十数分で戻ってきて、皮袋いっぱいに水を満たしてくるのだ。彼が行く先には、自然と水が湧いてくるのだろうか。

（この旅で……なんだかエルゼに甘やかされてばかりな気がするわ……）

頬に手を添え、贅沢な悩みにため息を零す。

誰かに甘えることが、ノルティマにとっては新鮮な感覚だった。それこそこれまで、人のために尽くすことはあっても、誰かに頼ったり甘えたりはほとんどしなかった。自分でなんでもやってきたノルティマにとって、誰かが自分のために何かをしてくれるということ自体が初めてだ。

それと同時に、自分よりもまだ若い少年に甘えてしまってもいいのかという罪悪感もある。

しかしエルゼは、こちらの罪悪感を吹き飛ばすかのように、自発的にノルティマを甘やかそうとし、それが喜びであるかのような殊勝な様子だった。

彼は見た目こそまだ若いが、ふいに見せる表情が随分と大人びて見えることがある。

（表情だけではないわ。言葉選びや、妙に落ち着きがある振る舞いも、自分よりよっぽど年上の人と話しているように錯覚させることがある）

彼は自分の話をほとんどしてこないが、どういう経緯があって、アントワール王国に来ていたのだろう。子どもがたったひとりで出かけるにはあまりに遠い場所だ。それに……。

『ノルティマのおかげで、俺は今生きている。だから、あなたの力になりたいんだ』

彼が言った言葉が胸の辺りで、魚の骨のようにずっと引っかかっている。あれはノルティマをからかっただけの冗談なのか、あるいは真実なのか。

エルゼのことで思いを巡らせていたとき、不良の青年たち四人が、近くで小さな犬をいじめているのが目に入った。

「汚ねえ犬だな。こいつ、耳が片方ないぜ。気持ち悪い」

「片方だけじゃみっともないから、もう片方もちぎってやった方がいいんじゃないか？」

「ははっ、てかこの犬、臭くね？」

青年のひとりが犬の耳を引っ張り、犬が悲鳴のような鳴き声を漏らした。

（小さな命に対して、なんて野蛮な……。それに、あの特徴は……）

赤い首輪と白く小さな体、片耳がないという特徴は、セーラの飼い犬の特徴に当てはまっていた。

きゃんきゃんと犬が助けを求めるように吠えるのを聞き、ノルティマはベンチから立ち上がる。迷わず彼らのところに駆け寄り、汚れた犬を抱きかかえて青年たちを睨みつけた。

「動物をいじめるのはやめなさい。小さくても尊い命よ」

「なんだ、この女」

「この子が痛がっているでしょう？　くだらないことをするのはやめろと言っているのよ」

ノルティマの腕の中の犬は全身泥まみれだった。加えて、傷や火傷の跡があり、何度もいじめられていたことが分かる。

（この白いの、もしかして――蠟燭。あのときと同じ……）

それだけではなく、蠟燭の溶けたものがべったりと背にくっついている。ノルティマの脳裏に一瞬、昔いじめられていた幼獣を助けた記憶が過る。

そして、もうとっくの昔に癒えていたはずの左腕の火傷が疼いた。

犬はひどく怯えており、ぷるぷると小刻みに震えていた。唯一、ノルティマのことは味方だと理解したのか、こちらに身を擦り寄せてくる。

すると、不良たちはノルティマの叱責に腹を立て、顔をしかめる。

「いいからそいつを返せよ。遊んでやってんだからさ」

「――嫌。絶対に嫌よ」

「あんたもよっぽど痛い目に遭いたいらしいな!?」

青年のひとりが、火のついた蠟燭をこちらに向ける。やはり、溶けた蠟を犬に垂らして遊んでいたのだと察する。

粗野な口調で迫られ、脅されても、ノルティマは一切怯まなかった。幸か不幸か、痛い思いには慣れているから。毎日毎日、精霊の慰霊碑の前で苦痛を味わってきた。今更、青年の嫌がらせ程度、恐れるに足りない。

「な、なんだその目は……」

そして、軽蔑の眼差しで青年たちのことを見上げ、淡々とした口調で言った。

「幼稚で、つまらない男ね。あなたたち」

「生意気な……っ。綺麗な顔を台無しにされてもその態度を取れるのか、確かめてみるか?」

青年はノルティマの小さな顎を片手で持ち上げ、別の青年が火のついた蠟燭を顔の上で傾ける。

がっしりと肩を後ろから押さえられ、身じろぎもできない。

(同じ年頃でも、エルゼとは大違い)

溶けて垂れてくる蠟を冷めた目で見つめながら、ぼんやりとそんなことを思う。

しかし、顔に予想していた熱を感じることはなく、蠟が肌に落ちる前に、青年が後ろに吹き飛ばされた。そして、ふわりと黒い影が視界を横切る。

「お前たち……。誰に、何をしようとした……?」

黒い影、それはエルゼだった。底冷えしてしまいそうな冷たい声が響く。青年を吹き飛ばしたのは、水汲みを終えて戻ってきたエルゼだった。

彼の表情は、いつもの爽やかで優しいものとは——全く違っていた。

エルゼは青年のひとりだけではなく、他の三人も全員遠くへ吹き飛ばした。指一本触れずに、手をかざしただけで。

彼がかざした手からは勢いよく水が放たれ、その水流で飛ばされたのだ。水飛沫《みずしぶき》が辺りに散り、エルゼの周りに小さな水の粒子が神秘的にくるくると回っている。彼からは尋常ではない殺気が漂い、近くにいるだけで身の毛がよだつ。

ベスをいじめていた青年たちはエルゼの不意打ちで無力化され、地面に転がる。そして、彼らはずぶ濡れになった状態で昏睡していた。

天上人対人間のような、圧倒的な力の差を見せつけられて、ノルティマは戸惑う。

(今、何が起きたの……?)

一瞬の出来事に理解が追いつかず、頭の中に疑問ばかりを浮かべていると、エルゼがこちらの両肩に手を置いて、切羽詰まったような表情で言った。

「ノルティマ！　怪我は!?　どこも痛くない!?」

「へ、平気よ。あなたが助けに来てくれたから」

「ああ……本当にすまない。愚かな俺が目を離したばかりに、あなたを危険な目に遭わせてしまった」

「謝らないでちょうだい。エルゼは何も悪くないわ」

「もしかして、その犬は……」

彼に尋ねられ、ノルティマは事の仔細を説明する。この犬が不良たちにいたずらされているのを見兼ねて、つい首を突っ込んだのだと。事情を知ったエルゼは、目を見開いている。

「――とにかく、エルゼにはなんの落ち度もないわ。厄介事に首を突っ込んだ私が悪いのだから」

とはいえ、この犬を助けたことに後悔はない。腕の中で傷ついた犬がくぅんと頼りなく鳴く。ノルティマは微笑みながら犬の顎を撫でてやった。

「あなたがベスなのね。セーラさんが必死にあなたを探しているわ」

しかし、飼い犬がいじめられていたことを知ったら、セーラは胸を痛めるだろう。どうしたものか。

「……あなたは昔から変わらないんだね」

エルゼの小さな呟きは、犬との戯れに夢中になっているノルティマの耳には入らなかった。エルゼからは先ほどの尋常ではない殺気が抜け落ち、またいつもの優しげな彼に戻っている。

ノルティマは、倒れている青年たちを見ながら言った。

「あの人たちは……死んだの？　それに、あの水は……」

「死んではいない。そのうち目を覚ますさ。そしてあれは、水を操る力を使ったんだ」

「力……」

こてんと首を傾げると、エルゼは小さく微笑み、「少し歩こうか」と言った。

ノルティマに代わってエルゼが負傷した犬を抱え歩いた先には、林があった。風にさざめく木々に囲まれ、人目につかない場所で、犬を地面に下ろした。

「見ていて、ノルティマ。――治癒《ヒール》」

犬の上に手をかざして彼が呟くと、水の塊が犬を囲み、あっという間に傷が消えていく。

傷が癒えたベスは、今度は元気に吠えて何かを訴えてきた。

「喉が渇いているのか？　ほら、飲め」

指をかざした先に、どこからともなく水の塊が現れて、彼が両手のひらで皿を作ると、水が生き物のように入っていく。ベスはエルゼの手から、水をごくごくと飲んだ。

（こんな力……見たことがないわ。まさか、精霊の力……？）

かつて、アントワール王国のリノール湖の下には、水の精霊国が広がっていた。精霊たちは不思議な力を使い、気まぐれに人に力を貸して、乾いた土地を潤してくれることがあったとか。

そして、不思議な力を享受できたのは、精霊術師たちの存在があったからだ。

だが、アントワール王家が五百年前に水の精霊国を滅ぼして以来、精霊はアントワール王国から消えてしまった。今のアントワール王国の人々にとって、精霊はもはや伝説の存在に過ぎない。

「あなたは……精霊術師なの？」

「惜しいけど違うな。俺は……」

エルゼは視線をさまよわせ、何度か口を開閉し、逡巡を重ねる。そして、寂しそうに言った。


「俺は――人間じゃない」


衝撃を受けたノルティマが目を皿にすると、エルゼはいたたまれなさそうに犬に視線を落とす。

そうしてベスに水を与え終わったあと、覚悟したかのようにエルゼはこちらを見つめた。

かざした手のひら上に水の塊を浮遊させながら、今にも消え入りそうな弱々しい声で言う。

「俺のことが……怖くなった？」

「そんなことないわ！」

ノルティマは一も二もなく答え、ぶんぶんと大げさに首を横に振って否定する。すると彼は、命拾いでもしたかのように安堵の表情を浮かべ、眉尻を下げた。

「そっか、よかった。俺の正体は、五百年前に滅んだ水の精霊国の精霊王。そして、あなたに八年前に救われた者だ」

「……！」

美しい双眸に射抜かれ、ノルティマの心臓が音を立てる。

「精霊王……？　それに八年前って……何のこと？」

「その腕の火傷跡、覚えてる？　あなたは子どもたちにいじめられていた幼獣を助けたことがあるはずだ」

「！」

彼に言われて、懐かしい記憶の蓋が開かれる。

おもむろに、左腕を袖の上から押さえた。普段は服で隠れているが、ここには蠟燭の火を押し当てられた火傷の跡が残っている。先日、エルゼにも見られたものだ。

これは、いじめられている幼獣を庇って負った火傷だ。昔からリノール湖の近くを馬術の稽古場として使用していたのだが、そこでいじめられている獣を助けたことがある。

「覚えているわ。でも、それとあなたに何の関係が……」

「あの幼獣は、俺の姿のひとつだ」

「……！」

精霊は本来、光の玉のような姿をしている。だが、精霊の中でもとりわけ強い力を持つ上位精霊は、人の姿を取ったり、獣の姿を取ったりすることができるそうだ。

そして、精霊の中でも別格の存在である精霊王は、様々な姿に変身することができる。

旅の途中で沐浴したときのことがずっと引っかかっていたため尋ねると、彼は精霊の力で泉の場所を探し当てたという。そして、ノルティマを嚙んだ蛇をつついて殺した小鳥は、エルゼが精霊術で作り出した霊的な存在――式霊《しきれい》というものだったらしい。

「俺は通常、成人した男の姿をして過ごしているが、神力が枯渇すると、その姿を維持できなくなる」

「成人した、男性……」

そのとき脳裏に、湖の中で、ノルティマを救いに来てくれた男性の存在が過った。

「そして、神力の消耗度合いによっては、人の形すら保てなくなることがある」

八年前、エルゼがリノール湖でノルティマに助けられたときも、彼は力を使いすぎてしまい、最も負担が少ない小さな獣の姿にならざるを得なかった。

「水の精霊国が滅びてから、怨念によって悪霊となった精霊がアントワール王国をさまよい始めた。俺は、かつての統治者の責任を果たすべく、奴らを浄化して回っていたんだ。でも、力を使いすぎてしまった」

「……そう、なのね」

精霊にとって最も神力を消耗する行為は、同族を浄化することだという。

その日は悪霊を大量に浄化したために、成年男性の姿を保てなくなった。そして、子どもたちにいじめられているところを、たまたま立ち寄ったノルティマに助けられたというわけである。

「精霊は一度受けた恩を忘れない。だから俺は、あなたを助けに来た」

「もしかして……リノール湖の中から岸へ運んでくれたのは――エルゼ？」

おずおずと尋ねれば、彼はゆっくりと頷く。ノルティマはぐっと息を呑んだ。

「――うん、そうだよ。……あなたは瀕死の状態だったから、そう……治癒するのに膨大な神力を使って、あの姿を維持できなくなったんだ」

「あなたがあの恩人だったなんて……。それならそうと早く言ってくれたらよかったのに」

「……人間ではないと知られたら、嫌われるかと思って」

「そんなこと絶対にありえないわ。驚きはしたけれど、人だろうと精霊だろうと関係ない。エルゼはエルゼよ」

「……！」

そう伝えると、彼は瞳の奥を揺らした。

エルゼは、砂漠を身ひとつでさまよい歩く人生の末に、ようやくたどり着いたオアシスのような――心の拠り所だ。どんな生まれで、どんな過去があろうとも、ノルティマが彼に救われ、励まされていた事実は変わりない。

「それじゃあ、あの湖の中にどこからともなく現れたのは、精霊の力のせい？」

「そう。八年前、あなたに精霊の加護を送ったんだ。あなたが困ったとき、俺に知らせが届くように。だがあなたは、なかなか助けを求めなかった。……本当はもっと早く、救ってあげたかったよ」

「…………」

ノルティマは誰かに頼る方法を知らなかったのだ。湖に落ちてようやく初めて、誰かに救いを求めた。そしてエルゼはその声に気づき、駆けつけてくれたのだ。

（私には八年も前から……心にかけてくれる味方がいたのね）

精霊王は、場所を自由に移動することができるらしく、ノルティマの助けを求める声にすぐに応えてくれた。その気持ちだけで、嬉しくて胸がいっぱいになる。

「ありがとう。……助けに来てくれて。ずっとあなたにお礼を言いたいと思っていたの」

「俺はただ、恩を返したくてしているだけだ」

エルゼは、「礼なんて言う必要はない」と爽やかに笑い、こちらに片手を差し伸べた。

「シャルディア王国に、あなたを苦しめるようなものはない。たとえそんなものがあったとしても、俺が守る。さ、行こう」

「ありがとう。ええ、行きましょ……う」

しかし、エルゼがかつてリノール湖の水の精霊国を治めていた王なら、どうして今はシャルディア王国に拠点を置いているのだろう。

そんな疑問を抱きつつ彼の手を取った瞬間、ノルティマは更なる重大事項を失念していたことに気づく。

（待って……エルゼが元精霊王なら私は……エルゼの故郷を滅ぼした――仇のようなもの）

水の精霊国は、五百年前にノルティマの先祖が――滅ぼした国だ。彼は、ノルティマの姓がアントワールであることをまだ知らない。もしもノルティマが憎い敵の子孫だと知ったら……。

（絶対に……嫌われる）

さあっと全身から血の気が引いていく感覚がして、その場に縫い付けられたように立ち尽くす。

「ノルティマ？　どうしたの？」

　エルゼの声も、頭に入ってこない。

　本当のことを打ち明けなくては。ここまで親切にしてくれたエルゼを裏切ることになるとしても、真実を伏せている方がよっぽど不誠実だ。

　言わなければならないのに、エルゼに軽蔑され、見放されるのが怖くて、喉に何かが詰まったように声が出なかった。

（嫌だ……エルゼにだけは、嫌われたくない……。幸せな日々を知ってしまった私は、もう以前のような孤独には耐えられないわ。この人を失いたくない……っ）

　きゅうと唇を切なげに引き結ぶ。

　王宮を飛び出してきてから、およそひと月が経とうとしている。王宮の中で政務にばかり追われて疲弊していた日々と打って変わり、エルゼと過ごす毎日は夢のように穏やかで幸せだった。

　彼がどこかにいなくなってしまうと考えただけで、くらくらと目眩がしてきて、立っている感覚すら分からなくなってくる。

　そして、自分がどれだけこの少年のことを頼りにしていたか実感させられた。

「い、いいえ、何でもないわ。行きましょう」

　エルゼを失ってしまうのが怖くて、ノルティマは何も言うことができず、努めて平静を装い、犬を抱えてエルゼの隣を歩いた。彼は勇気を振り絞って人間ではないことを打ち明けてくれたのに、自分は嫌われるのが怖くて隠し事をする――薄情者だ。

そうして、ノルティマの心に罪悪感が広がっていく。

「ベス……っ。よかった……っ。もう、心配したんだから……っ」

保護した犬を宿に連れ帰ると、セーラは涙を流しながら喜んだ。彼女がぎゅっと抱き締めると、ベスも嬉しそうに尻尾を振る。そんなベスの額に、セーラは自分の額を押し当てた。

ベスが不良たちにいじめられていたことは、セーラに話していない。知ったらきっと、ベスのことを思って胸を痛めるだろう。知らずにいるのが彼女のためだと思い、黙っていることにしたのだ。だから、ベスの怪我はエルゼが精霊の力ですっかり癒してしまったので、これ以上問題は起こらないだろう。ベスは道端をさまよっていたということにして話を通している。ソフィアには、真実を伝えておいた。ベスは精神的にショックを受けているはずなので、今後ケアが必要だろう。

するとセーラは、ベスのことを抱いたまま呟く。

「ねえ、ベスに何かした？」

「え……？」

「ベスの体内に、強い神力が巡ってるのを感じるの」

「！」

予想外の問いに、ノルティマの心臓がどきんっと跳ねる。

「そんなことが……分かるの？」

「精霊術が使えれば、神力の流れくらい大抵の人は分かるでしょ」

「ごめんなさい。私はアントワール王国から来たから、精霊術のことはよく分からないの」

「ああ、そっか。あの国は精霊信仰がないもんね」

精霊術師たちは、体内の神力を使い、精霊たちに意思を伝えて力を貸してもらう。精霊術師の素質は、神力の有無で決まる。アントワール王国以外の国では、精霊信仰が続いており、精霊術師たちが普通に存在している。

セーラは微量ではあるが、神力を持っているという。勉強していないため、精霊術はほとんど使えないらしいが。こうなったら正直に白状するしかないと思い、青年たちにいじめられていたことは伏せて、エルゼが傷を癒したことだけ伝えた。

「そうだったんだね、ありがとう。あの子、会ったときから強い神力を感じてたんだけど、治癒の力が使えるってことは、すっごい才能がある精霊術師なのね」

実際、彼は精霊そのものである。しかも、人間の姿になれるほどの上位精霊で、かつては精霊の国の王だった。どう反応していいか分からず、とりあえず何も知らないふりをして小首を傾げてみる。

「そ、そうなの……？」

「そうよ！　精霊術師の中でも、治癒は特別な人しかできないんだから」

セーラはふんと鼻を鳴らし、得意げに言った。

「へえ、詳しいのね」

「まぁね。このくらい常識よ」

褒められて満更でもない彼女は、また鼻を鳴らした。

「興味があるなら、修業してみたらいいんじゃない？　ノルティマは素質ありそうだし」

「え……」

「神力の気配がするもの。それも、かなり強い。……気づいてない？」

アントワール王家は大昔、精霊術にまつわる全ての書物を禁書にして処分した。王家の者さえも、精霊術の書物を読むことは許されなかった。全ては、アントワール王家が精霊たちに恨まれている事実を隠すために……。

「そうだ、ちょっと待ってて」

セーラはぱたぱたとロビーのカウンターの奥に走っていく。その様子を見たソフィアが、眉間にしわを寄せて叱責する。

「室内で走るんじゃないよ！」

「はいはいー」

「はいは一回！」

ほどなくして、セーラは一冊の本を持って戻ってきた。それは、精霊術について書かれた本だった。アントワール王国では禁書とされ、絶対に手に入れられない代物だ。

「これ、精霊術の本。あげる」

「……ありがとう」

ノルティマはまだアントワール王国に籍を置く身だが、あの国を捨てるつもりで出てきた。この本を読むことは、アントワール王国の法に反する行為だが、ノルティマは受け取った。

セーラとのお喋りに花を咲かせていると、外で馬車を待っていたエルゼがロビーに入って来て、そろそろ出発すると告げた。

「そろそろ行かなくちゃ。さようなら、セーラさん。元気でね」

「うん。短い間だったけど、ノルティマと友達になれて嬉しかったよ」

「友達……？」

「もうあたしたち、友達でしょ？　あたしのことは、セーラさんじゃなくてセーラって呼んで」

友達という遠い憧れだった言葉が、ノルティマの耳に確かに響いた。自分なんかを友達だと思ってくれたのがありがたく、湧き上がる感動に胸を焦がした。目元を緩め、噛み締めるように答える。

「分かったわ、セーラ」

「うん！　色々ありがとう。またどこかで会えるといいね」

「ええ」

彼女はふわりと微笑み、こちらに手を振った。

しかし玄関を出ようとしたとき、ソフィアに腕を掴まれる。彼女は耳元で小さく囁いた。

「――待ちな。窓の外を見てみるんだ」

「え……」

言われた通りに窓の外を見ると、アントワール王国の騎士服を着た男たちが歩いていた。まさか、失踪した王女をこんなところまで探しに来たのだろうか。違ったとしても、ノルティマの顔を見て王女だと気づくかもしれない。ごくんと固唾を呑むと、ソフィアが続ける。

「ここは私がなんとか誤魔化しとくから、裏口からさっさとお行き」

「ソフィアさん、どうして……」

「あんた、リューリフ様の娘なんだろ？　前にあの人のことが気になって、一度王宮に行ったことがあるんだよ。戴冠式で、あんたが王冠を授けられているところを見たんだ」

そう囁いてから、ソフィアはそっと身体を離した。つまり彼女は最初から、ノルティマが失踪した王女だと気づいていたのだ。

「あの人は、元気かい？」

「はい。父は今も……そのペンダントを着けています」

ソフィアは目の奥をわずかに揺らしたあと、「もうお行き」と背中を押して、宿を出てアントワール王国の騎士たちに話しかけに行った。

「エルゼ、裏口から出ましょう」

ノルティマはエルゼに声をかけ、ソフィアが騎士たちの気を逸らしている隙に、裏口から静かに出た。エルゼも窓の外にアントワール王国の騎士たちがいるのに気づき、一瞬、鋭い眼差しで彼らを射抜いた。

閑話　元精霊王の過去

元精霊王のエルゼには――呪いがかけられていた。

（四百……いや、五百年になるのか）

リノール湖の岸辺に腰を下ろしながら、精霊の国が滅んでからの年数を指折り数える。

五百年ともなると、両手の指がいくらあっても足りないが、正直、何百年と生きていると、自分が何歳なのか、今が何年なのかということへの関心も薄れていく。

五百年前にアントワール王家によって、水の精霊国は滅ぼされた。それこそ当時は強い恨みと憎しみを燃やしていたが、五百年も経てばそういう気持ちも癒えてしまうものだ。今は恨みも憎しみもすっかり手放して、悪霊となった水の精霊がさまよっていないか、時々リノール湖を訪れて確かめ、見つけたら浄化をしている。

もう随分昔から生活の拠点をシャルディア王国に置いているのだが、その日は久しぶりにリノール湖に赴いていた。シャルディア王国で暮らしているのは、精霊への信仰心が他国より強く、エルゼが暮らすには快適だったからだ。

「……多いな」

湖の中の悪霊の気配に目を伏せる。

アントワール家に国を滅ぼされ、住処を失った精霊たちは一斉に離散した。中には、悪霊となってこうして故郷に戻ってくる者もしばしば。

「――浄化《ピュリフィケーション》」

湖面に手をかざして呪文を唱えれば、数分で湖ごと精霊たちは清められた。

しかし、神力を使いすぎたせいで、大人の姿を保てなくなり、みるみるうちに体が縮んでいく。

「クゥーン」

それは、白い幼獣だった。成獣の姿にもなれないとは、よほど力を使いすぎたらしい。シャルディア王国へ戻るための力もなく、木の幹に寄りかかりながらしばらく休むことにした。昔からのことなので慣れてはいるが、同族を浄化しようとするとどうにも神力の消耗が激しい。

微睡《まどろ》んでいると、ある瞬間、身体が宙に浮く感覚がしてはっと目を覚ます。

「なんだー？　この変なの」

「きっと生まれ損ないのうさぎか何かよ。バイ菌を持っているに違いないわ。早く捨てた方がいいわよ」

頭上から幼い声が降ってきたので顔を上げると、少年と少女だった。顔がよく似ているので兄弟かもしれない。自分が少年に首根っこを掴まれているのだと理解する。

腕から解放されようとじたばた暴れてみるが、小動物のような姿のままでは、無駄な足掻きにしかならず。

「そうだ、面白いこと思いついた！　ちょっとこれ持ってろ！」

「何よ。私こんなの触りたくないんだけど。——わっ」

少年が少女にエルゼを預けて、地面に置いた鞄をがさがさと漁り始める。その間も逃げようと暴れるが、少女が抱く力を強めて阻む。

「ちょっと！　じっとしてなさい！　言うことを聞かないとこうよっ！」

「ギャンッ」

少女に爪を立てながらつねられ、思わず悲鳴を漏らす。白い毛に血が滲んだのと、少年が鞄から取り出した蠟燭に火をつけたのは同時だった。

エルゼの瞳に、燃えた火が映る。エルゼはひゅっと喉の奥を鳴らして、少年の手に注目した。その蠟燭で何をするつもりかは容易に想像ができる。

かつて精霊王として崇められてきた自分が、こんな小さな少年少女たちによって脅威に晒されているとは、とんだ失態である。彼らの表情には、純粋な好奇心しか浮かんでいない。まだ分別のつかない子どもの残虐性は、なんと恐ろしいことか。

「これをこうして——」

無防備なエルゼは、ぎゅっと瞼を閉じて熱を受け止める覚悟をした。けれどそのとき、ふたりとは違う声が降ってきた。

「やめなさい」

おずおずと瞼を持ち上げてみれば、別の少女が左腕を伸ばしてエルゼのことを庇い立っていた。

火のついた蠟燭の先端が少女の柔らかな肌にぐっと押し付けられて、焦げた臭いが鼻を掠めた。火がついたままの蠟が肌の上で燃え上がるが、彼女は冷静に叩いて消した。

「ひっ……」

少女の手から血が流れたのを見て、意地悪な子どもたちはようやく自分たちがしでかしたことを理解し、青ざめる。一方、助けに入った銀髪の少女は、火傷を負っても全く痛がる様子はなく、エルゼを取り上げながら、きわめて冷静にふたりに言う。

「私の腕の火傷、この子に負わせるつもりだったの？」

「それは……」

「動物も私たちと同じ生き物なの。傷つけられれば、私たちと同じように痛いのよ。だから、ひどいことをしてはだめ」

「「ごめんなさい……！」」

咎められた少年たちは、転がるように逃げていった。

少女はエルゼを地面にそっと置き、申し訳なさそうにこちらを見下ろした。

「ひどいことをしてごめんね。どこも怪我はしていない？」

「クゥーン……」

言葉を話すことができないので、鳴き声で無事をどうにか表現することしかできなかった。あまりにもエルゼが必死に鳴くので、彼女は、「分かった、分かった」と苦笑しながらこちらの頭を撫でた。

先ほどの少年少女と同じくらいの年頃なのに、彼女は妙に大人びていて落ち着きがあり、優しかった。長く伸びた銀髪を後ろで束ねて、長ズボンを穿き、シャツを着ている。また、手には短い鞭が握られており、その格好から、乗馬の最中なのだと予想した。

少女の腕に火傷ができているのが目に留まる。すぐに治してやりたいところだが、あいにくただの幼獣である自分に治癒能力はない。

（それにしても、彼女はどうして痛がらないんだ？）

普通、彼女くらいの年頃なら、擦り傷ひとつで大泣きしていてもおかしくはない。火傷した部分をちろちろと舌で舐めると、彼女は目をわずかに見開く。

「平気よ。私は痛みには人一倍強いの」

「……？」

「あなたは私のこと、心配してくれるのね。家の人たちはみんな、エスターのことばかりで、誰も私のことを心にかけてはくれないのに」

そう言って寂しそうに笑う表情に、年不相応の憂いが乗った。彼女はゆっくりと顔をこちらに近づけて顎をすくい、ちゅ、と額に口付けを落とした。そして、長いまつげに縁取られた双眸に射抜かれたとき、どきんと激しく心臓が波打つ。

「――ありがとう」

「…………！」

彼女に口付けされた瞬間、体中に雷電が駆け巡るような衝撃を感じた。少女の微笑みはどんな花が咲くよりも可憐で、あまりの愛らしさに口から心臓が飛び出してしまいそうだった。心臓は全く言うことを聞いてくれずに加速し続け、冷静でいられなくなる。感情に乏しい精霊エルゼにとって、こういう気持ちは初めてだった。

そして――。

（呪いが……消失した）

エルゼは目を大きくさせて硬直する。

水の精霊国が滅んでからというもの、エルゼは多くの悪霊化した精霊たちを浄化してきた。その中には一筋縄ではいかない者もおり、国を守れなかった精霊王を憎んで、攻撃してきたことも。

そしてあるとき、非常に厄介な呪いをかけられた。それは――時が止まってしまう呪い。大抵、精霊の寿命は三百年と言われており、エルゼは百年ほど生きていた。しかしその呪いによって、エルゼは寿命を取り上げられたのである。

呪いをかけた精霊たちはエルゼに告げた。呪いを解く条件は――エルゼが誰かに恋をすること。そしてもう一つ。相手が、精霊術師であるか、その素質を持つ者であること。

精霊たちはエルゼにそんな――馬鹿げた呪いを与えたのだった。

それが今、少女の口付けによって解かれたのである。

（そうか、彼女には水の精霊術師の素質があるのか。そして俺は……）

意識を研ぎ澄ませてみると、ノルティマの身体の中に強い神力の流れを感じた。

エルゼの驚愕に全く気づかない彼女は、エルゼの頭を撫でながらふわりと微笑んでいた。だが、その笑顔は次の瞬間に曇る。

「ノルティマ様！　どこにいらっしゃるのですか!?」

「ノルティマ様！」

複数の声が茂みの向こうから聞こえてきて、少女は大袈裟なくらいにびくりと肩を跳ねさせる。

ついさっきまでこちらに見せてくれた、花が綻ぶような笑顔の面影はすっかりなく、冷めた表情で立ち上がる。

「それじゃ、元気でね。さよなら」

「キャン、キャンッ！」

どうにか彼女をここに留めておきたいと、必死に吠えて呼び止めようとするが、とうとう彼女が振り返ることはなかった。

（ノルティマ……という名前なのか。可憐な名だ）

ノルティマを迎えに来たのは、複数の騎士や侍女たちだった。その手厚い迎えの様子から、彼女がやんごとなき身分であることは想像できた。

「ノルティマ様、どこに行ってらっしゃったのです!?　あなた様には重要なお立場があるのです。このアントワール王国の――次期女王という重要なお立場が。一分一秒も無駄にはできないのですよ！」

「分かっているわ」

「早く乗馬の訓練の再開を。先生がお待ちですよ。乗馬が終わったあとは、歴史、刺繍、バイオリンの授業。そのあとは――」

どうやら彼女は、精霊の国を滅ぼしたアントワール王家の子孫らしい。昔の自分だったら彼女を憎んでいたかもしれないが、出自を知ったところで、ノルティマ自身への恨みが湧いてくることはなかった。

（彼女が笑顔で過ごせるよう――元精霊王エルゼの祝福を）

小さな少女の優しい青の眼差しに射抜かれたとき、六百年以上生きてきた精霊王は初めて――恋に落ちたのである。エルゼは自分の想いも乗せて、あどけない少女に加護をひっそりと送った。


授けた加護は、ノルティマがなんらかの助けを必要としたときに、エルゼを呼び出せるというもの。

だが、エルゼは一向にノルティマに呼ばれなかった。助けを求められたらすぐに駆けつけるための加護だったのに、彼女は誰にも頼ろうとしなかったのだ。

彼女への恋心は、八年で色褪せることもなく、エルゼの心に深く根付いていた。ほんのひとときの邂逅だったのにもかかわらず、元精霊王は幼い少女に囚われたままだったのである。

しかし、加護は八年の時を経て、突然反応し、エルゼをノルティマの元へと導いた。光の玉のような精霊本来の姿で瞬間移動した先は――まさかの湖の中だった。

（……!?　あれは――）

そして、暗い湖の底に、恋い焦がれていたはずの彼女が沈んでいくのを見つけた。慌てて彼女の元へ泳いでいく。

あどけなかった少女は会わないうちに、美しい娘へと成長していた。彼女のことを思い浮かべない日などなかったが、想像していたよりもずっと、美しく、そして儚さをまとっていた。

（まだ意識はある。が、どうしてこんな……）

腕を摑んで引き寄せたが、彼女の腕はあまりにもか細く、頰はやつれ、目の下にクマができている。エルゼはぎゅうと胸が締め付けられるような切ない思いで彼女の頰に手を添え、その小さな唇に息吹を吹き込んだ。酸素と一緒に神力も注ぎ込み、彼女の怪我を癒していく。

「もう苦しまなくていい。俺の元へおいで。――ノルティマ」

ノルティマのことを搔き抱き、耳元でそう囁く。エルゼに身を委ねた彼女は、安心したように意識を手放していた。

水面に浮上したあと、崖の上から数名がこちらを見下ろしていることに気づいた。人間の視力ではこちらの姿は見えないだろうが、精霊であるエルゼには、はっきりとその姿を捉えることができた。

鋭い聴力で耳を澄ませば、人間たちが『ノルティマが飛び降りた』と話しているのが聞こえてきた。その中には、ノルティマの婚約者や妹が含まれており、ノルティマの心配よりも、自分たちの責任を問われることにおののいていた。

ノルティマを取り巻く環境や、彼女が飛び降りた経緯をなんとなく察し、腸《はらわた》が煮えくり返りそうになる。同時に、彼女の苦労を知らず、何もしてやれなかった自分があまりにも情けなく、悔しさが込み上げてきた。

（──決して彼女は渡さない。アントワール王家にも、他の誰にも。そして、国を滅ぼし、大切な人を傷つけ……二度も俺を怒らせた王家を──許しはしない）

腕の中で眠るノルティマには──おびただしい数の悪霊化した精霊たちがまとわりついていた。

その浄化を行ったために、エルゼは大人の姿を維持できなくなったのである。

第三章　精霊を信仰するシャルディア王国

エルゼの正体が、五百年前にアントワール王家が滅ぼした水の精霊国の王だったと分かった一週間後。

ノルティマとエルゼはとうとう、シャルディア王国の国境付近に到達していた。

シャルディア王国は世界でも有数の精霊信仰が根強い国家で、水源は豊かで、様々な作物がすくすくと育つ大国だ。アントワール王国より人口が多く、国土も国力もはるかに大きく、発展しているという印象がある。

（どうしよう。早く言わなくてはならないのに……）

この一週間、自分がアントワール王家の子孫であることをエルゼに打ち明けられないまま、時間だけが過ぎてしまった。

荷馬車の荷台に揺られながら、意気地のない自分が情けなくなって下唇を噛む。ノルティマの葛藤を知らないエルゼは、爽やかな笑顔でこちらに言った。

「お姉さん、調子はどう？　もうすぐ着くよ。あの門を通過した先がシャルディア王国だ」

彼が指差した先を視線で追うと、石造りの大門が見えた。国境を管理する衛兵たちがいて、門を通過する人と何かを話している。

「あれ、検問所……？」

「そうだよ。検問所を通らないと入国できない」

入国には、入国許可証が必要になる。つい勢い任せでエルゼに付いてきてしまったものの、その身ひとつで飛び出してきたノルティマは当然そのようなものを持っていない。

ノルティマは普通の家出少女ではなく、一国の次期女王だ。

万が一、自分が失踪したアントワール王国の王太女だと知られたなら、すぐにアントワール王家に連絡が行ってしまうだろう。

シャルディア王国に来る前に通過したふたつの小国は、入国管理が非常に甘く、簡単に通過できたから油断していた。シャルディア王国は基本的に移民の受け入れに寛容だが、警備体制は二国より厳重のようだ。

「私……あの門を通ることができないわ」

深刻な顔をしてそう呟くと、エルゼも釣られたように同じような顔をする。

「ど、どうして？　何か問題でも？」

「身分を証明するものを何も持っていないの」

「ああ、何も心配しないで。俺がなんとかするから」

「……？」

ノルティマは心配しつつも、彼に任せて検問所の列に並ぶ。

　検問所では、武器や毒など危険物の持ち込みがないか、体の隅々まで確認され、そのあとに身分証の提示を求められるようだった。

（本当に……大丈夫なの？）

　そしてついに、ノルティマとエルゼの番がやってきた。衛兵の男たちは、厳格な雰囲気がある。ノルティマを鋭い眼差しで見据えながら、強い口調で命じた。

「まずは身体検査を行う。両手を上げろ」

「は、はい」

　素直なノルティマが言われるままに両手を上げようとすると、エルゼは「その必要はないよ」と制する。代わりに懐から何かの金の札を取り出してかざす。それを見た途端、衛兵ふたりはさあっと青ざめた。

「た、大変失礼いたしました……っ！　どうぞ、このままお通りください」

　先ほどまでの高圧的な態度が嘘のように、恭しく頭を下げてくる彼ら。その急変ぶりにノルティマは驚いた。

（エルゼは一体何を見せたの……？）

　おもむろに札を覗き見れば、何かの紋様のようなものが描かれているのが一瞬だけ確認できたが、すぐにしまわれてしまって、はっきりと見ることはできなかった。

「通っていいって。よかったね、ノルティマ」

「え、ええ。そうね……」

とにもかくにも、身分を疑われずに済んでよかった。

先を歩くエルゼに付いていき、門をくぐった先には豊かな街並みが広がっていた。

「わぁ……」

思わず、感嘆の息が漏れる。

アントワール王国とは全く違う建築様式の建物がずらりと立ち並んでいて、ノルティマにとっては新鮮な景色だった。

アントワール王国の建物は一般的に直線的だが、この国は曲線を描くような滑らかさがある。目の前に伸びる街道には、街路樹が等間隔に植えられている。花壇には季節の花々が咲いていて。精霊信仰が強いというだけあり、精霊の彫刻が至るところに立っていた。

そして、大勢の人々が行き交い、馬車の車輪が石畳を踏む音が絶え間なく聞こえてくる。

「気に入った？　ここはまだ中心街からかなり離れている。王都に行くともっと栄えているよ」

「なんて豊かなの……」

中心街から離れた場所ですらこんなに発展しているなら、王都は一体どんな景色だろう、と期待に胸を膨らませる。

これまでノルティマは、シャルディア王国どころか、他の国に行ったことがなかった。王太女教育の一環で、他国の地理や歴史、政治経済を学ばされたものの、実際に自分の目で確かめたことはなかった。というのも、ノルティマにはのっぴきならない事情があったから。

（物心ついたときには礼拝の義務が課せられていたから……一日たりとも王国を離れるわけにはい

かなかった。その代わり、礼拝から解放されたお母様はしょっちゅう異国に出かけていたけれど）

彼女から国内の政務の多くを押し付けられていたノルティマは、仮に礼拝がなかったとしても外交使節団に随行している暇はなかっただろう。

アナスタシアは外交という名目で、度々異国に遊びに行っていた。

（……過ぎたことを気にしても仕方がないわ。まずは新しい生活を始めるために努力しなくては）

美しい街並みを眺めながら、こんなに豊かな国であれば自分の働き先も見つかりそうだと考える。

（家庭教師や翻訳、事務の仕事があればいいけど……いえ、やれることがあるならなんでも頑張りましょう……！）

この国には、ノルティマを蔑ろにして傷つけてきた家族もいなければ、礼拝を捧げなければいけない慰霊碑もない。何のしがらみもないのだ。

両手の拳をぎゅっと握って、心の中で意気込みを固め、エルゼに問いかける。

「それで、就職相談はどこに行けばいい？」

「就職？　あー……そんな話をしたんだったな」

この国に来たのは、移民の受け入れに寛容なシャルディア王国なら働き先を見つけやすいという理由からだった。

すると、エルゼはなぜか困ったように一瞬だけ目をさまよわせ、顎に手を添えながら思案する。

「その前に連れて行きたい場所があるんだけど、いい？」

「もちろん構わないわ。どこに行くの？」

「それは着いてからのお楽しみ」


仕事を斡旋してもらうため就職相談所に行く前に向かったのは——王都だった。検問所は王都から離れた場所にあり、馬車で移動しなければならない。辿り着いたのは王都の中でも栄華の中心である大宮殿だった。そこにはシャルディア王国の王族が居住し、政務が行われている。

エルゼは正門でまた例の札を見せて、当たり前のように大宮殿の中に入っていく。

(エルゼは水の精霊国の元王なのよね……？　今はシャルディア王国で、それなりの権力を築いているということなのかしら)

一般人だと思っていたエルゼが自然に大宮殿に入っていくことに、ノルティマは少し混乱したが、そんな予想を立てた。広い廊下を歩いていると、ひとりの文官らしい男がはっとしてこちらに駆け寄ってきた。

「そのお姿はどうされたのです!?」

「神力を使いすぎた。直に戻る」

「また精霊の浄化に行かれたのですか？　お出かけ前には宮殿の者に一言言っていただくようにと散々——って、あの……そちらのお嬢さんは……？」

小言を言っていた途中でこちらの存在に気づいたらしく、文官の視線がノルティマに向く。そして、エルゼは淡々と告げた。

「彼女は俺の恩人だ。食客として手厚くもてなせ。賓客室の鍵と彼女のための侍女を数名用意しておけ。できるだけ誠実な者を選ぶように」

「お、仰せのままに。──我が君」

戸惑いながらも彼は仰々しく礼を執り、命令を遂行するために踵を返した。

（我が君……？）

そう呼ぶということは、あの文官の主君はエルゼなのだろうか。一瞬の疑念のあと、エルゼが爽やかな笑みを湛えてこちらを振り返った。

先ほど文官と話していたときは、上に立つ者の風格と厳格さが滲んでいたが、ノルティマに見せる表情はそれとは全く違う、少年のようないとけない笑顔だ。……少年といっても見た目だけで、中身はノルティマよりずっと年上の気高い元精霊王なのだけれど。

「あなたにもうひとつ言わなければならないことがある」

「改まって……どうしたの？」

「俺は今、シャルディア王国の国王をしているんだ」

「…………はい？」

権力に関わる地位にいると予想していたとはいえ、想像を遥かに上回る突拍子もない告白に、ノルティマは目が点になった。

ノルティマが消えてからひと月。アントワール王国には一切雨が降らなくなっていた。各地で農作物が枯れるなど、深刻な被害が報告されている。

あとひと月雨が降らない状況が続けば、川や湖の水が涸れる渇水が発生し、農作物だけではなく人々の生活への悪影響が出ると予想されている。

しかし、エスターは能天気だった。これまで困ったときは誰かが手を差し伸べてくれたため、今回のことも誰かがどうにかしてくれるだろうと思っていた。

精霊の慰霊碑への礼拝も一度行ったきりですっかり懲りてしまい、体調不良を理由に一切足を運んでいない。

(はぁ……退屈だわ)

その日の午前中、講義室で家庭教師の授業を受けながら、エスターは手持ち無沙汰にペンをもてあそびながらため息を漏らした。

ノルティマが消えてから、エスターは次期女王のための教育を受けることになったのだが、勉強嫌いなエスターにとっては苦痛でしかない時間だった。これまでノルティマを指導していた教師がそのままエスターを担当することになったのだが、彼女がかなり厳しく……。

「エスター様。もっと集中なさってくださいい。ペンが止まっていらっしゃいますよ」

「はぁい。でもそろそろ休憩したいわ。ずっと座っていたせいで腰が痛くって」

「つい三十分前に休憩を取ったばかりではございませんか。あなた様は次の女王になられるお方です。今からでは相当厳しいかもしれませんが、本気で取り組んでいただかなければ困ります。……

ノルティマ様は一度として弱音を吐かれたことはありませんでしたよ」

「……っ！」

姉のことを引き合いに出され、エスターの額にびくりと怒筋が浮かぶ。機嫌を損ねた小さな子どものように、むっと頬を膨らませながら彼女を睨めつける。

「何？　それじゃあ、お姉様じゃなくて私が死ねばよかったって言いたいの!?」

「そ、そういうわけでは……。ご気分を害されたのなら申し訳ございません」

エスターが最も嫌いなのは、姉と比較されることだ。誰より自分が一番でいたいのに、姉の方が優れていると言われた気がして無性に苛立つ。

謝罪されても怒りが治まらないエスターは、がたんっと椅子から立ち上がって、家庭教師を指差した。

「あなたは今日を以て解雇するわ。クビよ、クビ」

「……っ！　わ、私はただ、エスター様にやる気を出していただきたかっただけで……」

「言い訳なんて聞きたくないわ！　次期女王である私の命令は絶対よ。いいから下がりなさい。ほら、さっさと荷物をまとめて！」

「……かしこまり、ました」

彼女は荷物をまとめ、講義室を出て行く直前に言った。

「私はただ、エスター様のことが心配なのです。私がいなくなってもどうか、勉強を頑張ってくださいね。女王になるということは大変なことなのですよ。大勢の方が、些細な粗を探そうと目を光らせ、足をすくおうとする中で、いかに支持を得ていくか……歴代女王様たちは苦心してこられました。あなた様にはその覚悟がおありですか？」

「そんな話は聞きたくないわ。さっさと出て行って」

扉が閉じたのを確認して、エスターは椅子に座り直し、足を組む。

（あー、せいせいした。勉強なんてもううんざりよ）

扉の向こうの足音が次第に小さくなっていくのを聞きながら、彼女が出て行ったあとの扉を見つめる。そして、片目の下まぶたを指で引き、べっと舌を出した。

誰も見ていないのをいいことに、だらしなく机の上に腕を伸ばし、頬をぺったりと机につけたそのとき、今度は部屋にアナスタシアが入ってきた。

「お母様……！」

ちょうど退屈していたところに、良い話し相手が来てくれたと喜んだのも束の間、母親の顔を見て、舞い上がっていた心はしゅんと項垂れる。なぜなら彼女が眉間にしわを寄せて深刻そうな顔をしていたから。

これから面白くない話をされることは、何も聞かなくても容易に想像がつく。

「エスター。しっかり勉強しているの？　家庭教師はどこに行ったの？」

「ああ、あの人ならさっき辞めさせたわ」

「………は？」

アナスタシアは鳩が豆鉄砲を食ったような顔をする。

「だって、私に生意気なことばかり言うんだもの。次期女王には媚びへつらい、かしずくのが普通でしょう？　それに彼女、ずっとお姉様を教えていた方らしいし……。おさがりみたいで不愉快極まりないわ」

しばらくの沈黙のあと、彼女は重々しく呟く。

「ノルティマはそんなことを言ったりせずに頑張っていたわよ」

母の言葉にエスターの眉がぴくりと動く。

（どうして。どうして皆、ノルティマの名前を出すの。死んだ人のことなんてどうだっていいじゃない）

エスターのことだけを見て、敬い、愛してほしいのに。

「はっ。口を開けばノルティマ、ノルティマって……。馬鹿の一つ覚えじゃないんだから。お母様まで、お姉様と私を比べるの？」

「……」

ぎろりと刺すように睨みつけると、普段のかわいらしさが嘘のような迫力に、アナスタシアは息を呑む。自分にはもっと従順な先生を用意してほしい、と付け加えれば、アナスタシアは額を手で押さえて深く嘆息する。

（……お母様が私の頼みに対してため息を吐くことなんて、今まではなかったのに）

アナスタシアは説明した。エスターの現状の成績では、とてもノルティマが行っていた政務を任せるわけにはいかないのだと。一刻も早く王太女の政務を行えるように、熱意があって優秀な教師が必要だった。そして、熱意があって最も優秀なのが、王族への教育係の経験がある――あの女だというのだ。

「いい？　あなたは二週間後の戴冠式を終えたら、正式に王太女になるの。今のままではとてもやっていけないわ。新しい教師は私が探しておくから、次はしっかり勉強を――」

「戴冠式!?」

アナスタシアの言葉を遮り、興奮気味に立ち上がるエスター。

戴冠式といえば、ノルティマが十歳くらいのときに行ったのを覚えている。彼女が与えられた冠を、だだをこねて奪い取ったはいいものの、すぐに失くしてしまってショックを受けたのだった。

「じゃあまたあの冠をもらえるってこと!?」

「ええ、そうだけどそれよりも勉強の話を――」

「やったわっ！　ずっとあの冠がもう一度欲しいと思っていたの」

「…………」

今度はノルティマのためではなく、エスターのためだけにあつらえた冠が手に入るのだ。

そう思うと、まるでしおしおと萎れていた花が咲いていくように、喜びで自然と口角が上がっていた。

「そうと決まったら、次は失くさないように、冠をしまっておく入れ物を用意しなくちゃ。ありがとうお母様！」

「ちょ、ちょっと、エスター！　話はまだ終わってな――」

エスターは、話をろくに聞きもせずに部屋を飛び出していた。

アナスタシアはエスターの、次期女王にはあまりにもふさわしくない幼稚な挙動の数々に呆れ返り、天井を仰いだ。

その後エスターはというと、王宮に金細工の職人を呼びつけて、冠を収納するための箱作りを依頼したのだった。


戴冠式は、王宮の敷地内にある講堂で行われた。華やかな装飾が施された室内。エスターは美しいドレスで着飾り、毛先の長い中央の絨毯を踏みしめながら歩いた。

（ああ、みんなが私を見てるわ……！　私が主役なのね……っ！）

絨毯の両端に用意された席には、来賓が座っている。彼らの視線が自分にだけ向けられているという事実に、エスターの承認欲求は満たされていく。

けれど、人々の中でアナスタシアとヴィンスは暗い顔をしていた。ノルティマがいなくなってからふたりは働き詰めで、揃ってやつれており、目の下にクマを作っている。

（んもう、お葬式じゃないんだからもっと明るい顔をしてよね）

そして、講堂の中央まで歩み、いざ司教から冠を与えられるというときだった。

――バンッ！

突然講堂の入り口が開け放たれて、雪崩のように武装した民衆が流れ込んでくる。

「へ……?」

民衆のひとりが何かをこちらに向かって投げつけ、せっかくのドレスが汚れる。手を伸ばして触れるとぬるぬるしており、床には割れた白い殻が落ちていた。

(卵……)

自分が投げつけられたのは卵なのだと理解した。せっかくのドレスをよくも汚してくれたと憤るよりも先に、今度は罵声が飛んでくる。

「雨が降らなくなったのはあんたのせいだ!」

「あんたのせいで雨が降らなくなったに違いないわ! あんたが王太女に――ふさわしくないからよっ!」

「そうだそうだ! ……村の池は涸れた。俺たちの水源を返せ! 俺たちから水を奪うな! こんなことになったのはお前が王太女候補になってからだった。ノルティマ様のときはこんなこと起こらなかったんだからな!」

彼らの眼差しには、エスターが夢見た憧憬や羨望とは明らかに違う、並々ならぬ憎悪が滲んでいた。

(……違う。こんなの、違う)

アナスタシアやヴィンスが最も恐れていた暴動が起きたのだ。

雨が降らなくなったせいで、人々の不満は王家に向かっている。身を賭して戴冠式を邪魔し、エスターを次期女王の座から引きずり下ろそうとしている。

「お前なんか——死んでしまえ!!」

「早く死ね！　死ね！」

自分たちがノルティマに向けた言葉が、まさに今、自分に跳ね返ってきた。名前も知らない相手の怒りが、憎しみが、殺意が、ぐっさりと心の奥に深く突き刺さっていく。

これで万が一、精霊たちの呪いの真実を知られでもしたら、こんな暴動だけでは済まないだろう。アントワール王家の者が国の長である限り呪いは続き、雨が降らなくなる恐怖に怯え続けなくてはならないのだから。そのときこそアントワール王家は滅亡し、次の王が選ばれるはずだ。

（こんなの……私が望んでたものと違う）

女王になれば、無条件で人々から愛されるものとばかり思っていたのに。これでは話が違う。

騎士たちが壁を作るようにエスターを庇い立っているが、飛んでくる石や卵を防ぐことはできても、暴言を防ぐことはできず、無防備な心に矢が刺さっていく。

（どうして、どうして、どうして……）

国民の誰かが、司教から冠を取り上げて踏みつけている。精巧な装飾がぼろぼろに壊されていくのを目の当たりにしたエスターは、悲鳴を上げた。

「ひっ……やめて……。いや、私の冠を壊さないでっ！　いやぁあああっ！」

けれどその声は、暴徒たちの声によって掻き消される。アナスタシアが騎士たちに命じ、民衆は次々に取り押さえられていく。

エスターはわあっと声を上げて泣き喚き、その様子をただ見ていることしかできなかった。

（なんなのよっ!?　どうしてこんなことになるのよ……！　私はただ、幸せになりたいだけなのに……っ）


（まさかエルゼが、シャルディア王国の王様だったなんて）

シャルディア王国の王都。

大宮殿の賓客室で目を覚ましたノルティマは、重厚なカーテンを開けた。窓ガラスにそっと片手を添えて景色を眺めつつ、小さく息を吐く。

リュシアン・エルゼ・レイナード。それが現在の彼の名前だ。

エルゼというのは、水の精霊国の精霊王としての名で、ミドルネームとして今は使っているのだという。

シャルディア王国は精霊の血を引くレイナード家が、初代から何代にも渡って治めているとされていたが、実はたったひとりの精霊が名前を変えながら、王として君臨し続けていたというのだ。

大宮殿には、妃や王の子どもたちが住むと言われる離宮が、分厚い壁で隠されているが、実際そこに妃たちは住んでいない。代わりにエルゼが精霊の力で生み出した人の形の式霊を暮らさせている。

彼らは喋ることもなく、食べたり寝たりもしない。その秘密を知るのは、廷臣の中でもごく一部の

（寒い、とても……寒い）

アントワール王国の王宮。ノルティマは自室の寝台で身を縮め、震えていた。

婚約者や女王、廷臣たちに度々仕事を押し付けられて、疲労が溜まりに溜まっていた。その上、ノルティマには精霊の慰霊碑への礼拝という過酷な役目がある。疲れ果てた身体に鞭を打って、無理を重ねたせいで、とうとう今日の夕方に倒れてしまった。

今日の仕事はどうにか終えたものの、入浴する気力もなく、寝台に滑り込んだ。横になった途端、熱が一気に上がってきたようで、身体の内側は熱いのに、ひどく寒気がした。分厚い上掛けにくるまっているけれど、身体の芯が凍えそうで、震えが収まらない。

このまま明日になっても回復しなかったらどうしようと、不安に苛まれる。ノルティマがどんなに体調を崩しても、仕事を替わってくれる人はいない。休もうとすれば、『王太女としての責任感が足りない』と責められるだろう。

（明日までに、絶対に治さないと……）

横になっていても、心は休まらなかった。明日のスケジュールのことばかり考えてしまう。

「風邪気味なんじゃない？」

エルゼはおもむろに手を伸ばし、ノルティマの額に触れる。

「やっぱり熱があるね。今日は休んだ方がいい」

「……ええ、そうするわ」

今日は、エルゼが精霊術について直接教えてくれることになっていた。せっかく時間を作ってくれたのに、無駄にしてしまうのは申し訳ないが、風邪を移しても迷惑になるので、休むことにした。

「ごめんなさい」

「ううん、全然」

ノルティマが背を向けた瞬間、目眩がしてよろめく。

エルゼは咄嗟にノルティマの身体を支え、低く囁いた。

「歩けないなら、運んであげようか」

「え……」

彼に運んでもらうことを想像し、元々赤らんでいた頬が更に熱を帯びる。とはいえ、もしノルティマが重くて持ち上げられない……なんてことがあったら、恥ずかしいやら申し訳ないやらで、どうしていいか分からなくなるだろう。ぐるぐると考えを巡らせていると、エルゼは言った。

「頼ってよ。俺は、あなたを甘やかしたくて仕方がないんだから」

気づくと、無意識にエルゼの袖を摑んでいた。迷惑をかけたくないはずなのに、口をついて出たのは素直な思いだった。

「……もう少しだけ、傍にいて」

エルゼの瞳が、驚きに揺れる。

「参ったな」

彼の小さな呟きを聞いて、はっと我に返る。

自分はいつからこんなに、わがままになってしまったのだろうか。彼の優しさに甘えて、貴重な時間を奪おうとしていたことに、罪悪感を抱く。

「ご、ごめんなさい！　迷惑をかけるつもりでは……」

「違う」

困ったように眉尻を下げるエルゼ。

「あなたは今弱っている。なのに、そんなあなたを可愛らしいと思ってしまった。抱き締めたくなる」

「！」

「抱き締めたくなる――っていうのは冗談。でも、もちろんいいよ」

彼は椅子を引っ張ってきて、寝台の近くに座った。

「あなたが眠るまで、傍にいる。今日はなんでも言って。子守唄を歌おうか？　それとも手を握っていよ

「へくしっ……」

ノルティマがくしゃみをすると、エルゼはすぐに自分の上着を脱ぎ、ノルティマにそっとかけた。

アントワール王国を飛び出し、シャルディア王国に着いてしばらくが経った。エルゼはいつもこうして、ノルティマに親切にしてくれる。

貸してくれたジャケットには、まだ彼の体温が残っていて、ノルティマをどぎまぎさせる。ジャケットがずり落ちないように生地を手で押さえながら、そっと微笑んだ。

「ありがとう」

「いや、いいよ。大丈夫？」

「平気よ、気にしないで」

本当は朝から少し身体がだるいのだが、彼を心配させたくなくて言葉を飲み込む。すると、エルゼはこちらの顔をじっと見つめ、「本当に？」と尋ねてきた。その瞳の奥には、疑いが滲んでいる。

「本当に大丈——くしゅんっ」

もう一度くしゃみをし、気まずそうに顔を上げると、彼は言った。

体調が悪くても、ノルティマを気にかけてくれる人は誰もいない。

惨めで、情けなくて、寂しい。

自分は一体、なんのために生きているのだろうか。これではまるで、王宮の奴隷のようだ。

「はっ……ぁ、はぁ……、ふ……」

やがて、本格的に熱が上がってきて、関節の節々も痛くなってきた。息苦しくて、浅い呼吸を繰り返す。

喉が渇いたが、水を取りに行く気力も、使用人を呼ぶ気力も湧かない。

寝返りを打ち、サイドテーブルに置かれた本に視線を向ける。随分前に途中まで読んで、放ったらかしにしていた小説だ。そこには、体調を崩したヒロインが、素敵な青年に優しく看病してもらう場面があった。普段は執務ばかりしているものの、乙女らしい心を持っているノルティマは――いいな、と思った。

(私もあんな風に、風邪を引いたとき、誰かに優しくしてもらえたら――)

胸の中に芽生えた淡い夢は、大きくなる前に、そっと摘み取った。期待すれば、叶わなかったときに辛くなるから。婚約者のヴィンスは、小説のヒーローのように、ノルティマに親切にしてくれることはない。

(きっと、私には縁のない世界よね)

そうして、自分の心に蓋をし、願うのをやめた。

寒気が増して、上掛けの中で、更に縮こまった。

うか？　なんて――」

「……手を」

ノルティマは上掛けの隙間から、ためらいがちに手を伸ばし、上目がちに彼を見つめた。

「本当に、あなたって人は……」

彼は一瞬、困ったような顔をしてから、ノルティマの手を包み込む。

（温かい）

幸せが腹の底から溢れ出してきて、今にも泣きそうな気分になった。物語で読んだように、体調が悪いとき、誰かに優しく寄り添ってもらうことに憧れていた。諦めていたはずなのに、その夢が現実になっている。彼の手の温もりが、ノルティマの中で渇いていた何かを、癒していく気がした。

「エルゼ……」

その優しさが、じんわりと胸に染みて、口元が自然と緩んでいた。

「ありがとう。でも自分で歩けるわ」

「分かった。ならせめて、部屋まで送ることを許してほしい」

ノルティマがこくんと頷くと、彼は嬉しそうに微笑んだ。


エルゼに部屋まで送り届けてもらい、ノルティマは寝台に横になる。するとエルゼは、ごく自然に、ふわりと上掛けをノルティマにかけた。

「水はこまめに摂った方がいい。飲める？」

「あとで飲むわ」

「分かった」

エルゼは空のコップに指をかざし、中に水を満たした。

「何か俺にできることは？」

「もう大丈夫。色々とありがとう」

「それじゃ、俺は行くよ。何かあったら宮殿の者に声をかけて。俺もすぐに駆けつける」

「ま、待って」

曽根原ツタ
Illustration 早瀬ジュン
選ばれなかった王女は、
手紙を残して
消えることにした。
1
The princess who was
not chosen decided to leave
a letter and disappear.

初回版限定
封入
購入者特典

特別書き下ろし。

風邪と、ほんの少しのわがままと

※『選ばれなかった王女は、手紙を残して消えることにした。①』をお読みになったあとにご覧ください。

EARTH STAR
LUNA

み。

身分を打ち明けられて恐縮してしまったが、彼に今まで通りに接してほしいと切願されたので、変わらず『エルゼ』と呼び、慣れた話し方をしている。彼をそう呼ぶのはたぶん、ノルティマだけだ。


『どうして国を作ろうと思ったの？』

『別に、国を作ろうとして作ったわけでもないし、王になろうとしてなったわけでもないよ。自然と誰かが俺のことを王として崇めるようになり、自然と国ができていただけさ』

『し、自然と……？』

『そう。自然と』

エルゼはまるでよくあることのように軽い感じで言っていたが、生きている間にふたつの国の王になる人なんてそうそういないだろう。

エルゼを王座に据えた廷臣たちはとうの昔に死に絶えており、彼は自分の正体が精霊であることを隠しながら、精霊の子孫という肩書きで生きているそうだ。

そして、ノルティマにはふたつの選択肢が与えられた。

『食客になるかここで働くか……あなたはどっちがいい？』

『働きたいわ。助けてもらった上にこれ以上世話を焼いてもらうのは心苦しいの』

『俺としては、隠居したお年寄りみたいに、のんびり過ごしてほしいところだけどね。あなたならそう言うと思ったよ』

『それで、私は何をすればいいの？　あなたのあ、あ、愛人……とか？』

まさかエルゼに限って、ノルティマの奉仕を望むことはないだろうと思いつつも、一応確認しておかなくては。思わぬ問いに、エルゼは面食らう。そして、困ったように眉尻を下げた。

『俺がそんなことをあなたにさせると思った？』

『ち、違うの……っ。王様は大勢の妾を抱えるものだと聞くから……。エルゼが身体目当てだとか、そういうことが言いたいんじゃなくて……っ』

エルゼが悲しそうにするのでいたたまれなくなり、必死に弁明の言葉を探す。

『まぁ、お姉さんがそう望むなら、俺は応えられるよう精一杯努力するけど』

『……!?　あ、あの……その……っ』

ノルティマは思考がままならなくなってしまい、あわあわと目をさまよわせ、意味をなさない言葉を羅列する。そのうちに、どこかに隠れるための穴はないかと探し出す始末。

耳まで真っ赤になり、湯気が出るほどのぼせ上がっているノルティマを見て、彼は吹き出しそうになるのを堪えた。

『ふ。冗談だよ。――精霊術師。ノルティマには、精霊術師になるための勉強をしてもらう』

『精霊術師……？』

二週間前の回想から意識を引き戻したノルティマは、窓ガラスに重ねた自身の手の甲に視線を向ける。

(私が精霊術師になんて……なれるのかしら)

精霊にすっかり見放されたアントワール王国と違い、精霊たちと共存するシャルディア王国には——精霊術師と呼ばれる者が数多くいる。

彼らは体内の神力を精霊たちに与えることで不思議な力を借り、人々に恩恵をもたらす。精霊術師に必要な素質である神力がノルティマにあることは、八年ほど前、エルゼが一度ノルティマに会ったときに気づいたそうだ。

ノルティマは賓客室で、セーラからもらった本を含む精霊術にまつわる書物を読んで勉強したり、時々部屋を訪れてくれる教師に教わったりしながら毎日を過ごしている。

精霊術の勉強というのはあくまで建前で、実質的にはほとんど休暇のようなものだった。

(休むことに罪悪感を抱かないように、きっとエルゼが気を遣ってくれたのね。……優しい人。いや、優しい精霊?)

朝の身支度を済ませ、本を読んでいると、一時間ほどして部屋がノックされた。

コンコン。

「どうぞ」

中へと促し、部屋へと入ってきたのは——レディスだった。彼はこの大宮殿に来たとき初めて会った文官の男で、エルゼの側近をしつつ、精霊術師としても活躍している。年齢は三十歳ほど。

彼が身にまとっている白を基調とし緑を差し色にしたローブは、精霊術師の制服らしい。

生真面目で冷静沈着、いつも仏頂面をしているが、根は優しい人だ。

レディスはノルティマの家庭教師として時々、シャルディア王国の文化や歴史、精霊術のことを教えに来てくれる。彼はノルティマが失踪したアントワール王国の王太女だと知らず、気づいてもいない。

「レディス先生、今日もわざわざお越しいただいてありがとうございます。こちらの席へどうぞ。すぐに飲み物を用意しますね。コーヒーでよろしいですか？」

「はい。砂糖は――」

「多め、ですよね」

この国に来てから二週間ほど彼に世話になる中で、大の甘党だということが分かった。

レディスは気恥ずかしそうに「はい」と答えた。本人は男が甘党なのは恥ずかしいと思っているらしい。

ノルティマはふっと小さく笑い、自らコーヒーを淹れた。こぽこぽとカップに注ぎ、湯気がのぼるのを見ながら目を細める。

（誰かのために飲み物を用意するのは……新鮮な気持ち。王宮にいたころはずっと、身の回りの世話は使用人たちに任せていたから）

レディスは、テーブルの上に置かれた本の山を見て言う。

「もうこんなに沢山読まれたのですか？」

「読みかけのものもありますが、はい。ほぼ読み終えています」

「勉強熱心ですね」

「勉強するのは昔から嫌いではないんです」

ただ、母国にいたころは許容量以上の勉強を強いられ、学ぶことが楽しくなくなっていた。王太女としての務めを果たせと周りから言い聞かされ、自分を追い込んでばかりだったことを思い出す。

「勉強熱心なのは結構ですが、無理はなさらず。私が国王陛下に叱られてしまいますので」

レディスはエルゼから、ノルティマがしっかり休めるようにしてやれと指示されているらしい。

「ご心配なく。もう前みたいに無理はしないと決めたので」

「前……ですか？」

「……なんでもありません。とにかく、精霊のことを勉強するのが楽しいんです」

精霊のことを学べば——エルゼのことを知れる気がして。

彼は甘いコーヒーをひと口飲み、カップを置いてから言う。

「本日は何を勉強しましょうか。シャルディア王国のこと、精霊のこと、気になることがあれば何でもお尋ねください」

ノルティマは少し間を置いてから、おずおずと答えた。

「エルゼのことが……知りたいです。彼がどんな人で、どんな風にこの国で生きてきたのか」

「私はあの方の全てを知っているわけではありませんが、いいですよ」

シャルディア王国が誕生してから、唯一の王として君臨し続けてきたエルゼ。

彼は精霊術師たちとともに、この国を平和に統治してきた。精霊の力によって土壌は肥え、何もしなくてもすくすくと作物は育っていく。異国の軍が攻めてきたときは、エルゼが大河を氾濫させ、土砂を崩して侵攻から守った。

時代が移り変わっても、シャルディア王国民は精霊と偉大な王を崇め続け、国はますます繁栄していったのである。精霊の直系である王に反逆しようとする者は現れず、二百年間、豊かな時代は続いた。そしてエルゼは建国から今もなお、賢明で強大な王として、人々に崇敬されている。

その話を聞いて、ノルティマは顔色を曇らせた。

「……恐ろしい話です」

「どうして、そう思われるのですか?」

「だって……長く生きてきたということは、それだけ多くの大切な人を見送ってきたということでしょう。周りの人たちが死んでいっても自分は生きなければならず、おまけに国を運営していく責任まで背負わなければならないなんて……私なら耐えられません。すごく……孤独で」

「ノルティマ様は……お優しいのですね」

精霊と人間では感覚がそもそも違うのかもしれないが、エルゼの人生に孤独感や寂しさがあったのではないかと想像して、胸が痛くなった。ノルティマはアントワール王国にいたころ、周りに家族やそれ以外の誰かが常にいたにもかかわらず、常に孤独を抱えていた。

「精霊にも寿命はあるんですよね?」

「一般的には三百年程度とされていますが、陛下のように強い力をお持ちの精霊の場合は、違うのかもしれません」

「それでも、五百年も生きているなんて、さすがに長すぎませんか？」

「倍……？　この国は建国して二百年ですが……」

「え、もしかしてエルゼがシャルディアを建国する以前のことはご存じないのですか？」

「はい。ご本人は何もおっしゃっておらず、文献にも特に記されておりません」

水の精霊国の歴史は千年近くあると言われている。エルゼは水の精霊国最後の王だったわけだが、滅んでから五百年経過しているため、少なくともその年数は生きていることになる。

途方もない年数に、想像しただけでずきずきと頭が痛くなってくる。

エルゼは、なりたくて王になったのではなく、いつの間にか人に崇められて王と呼ばれるようになったと言っていた。望んでもいないのに、生まれたときから次期女王だった自分の境遇と重なる。

（勝手に王にさせられて……彼の本当の望みや、心の拠り所はどこにあるの？）

そして、レディスは言った。エルゼは人を寄せつけず基本的にひとりでおり、政務はほとんど部下たちに任せきりで、自身は精霊術師の育成ばかりに尽力してきたのだと。時々ひとりで勝手に出かけて、精霊術師の素質がある者を探していたほど。

レディスいわく、何に対しても無関心のエルゼがどうして、精霊術師の育成に心血を注いでいたのか分からないらしい。

「陛下は多くのことに関心を示しませんが――あなたは違うようです。それこそ、精霊術師の育成以外のことに興味を持たれたのは、私の記憶では初めてです」

「……」

「実は、国王陛下は在位の二百年間、一度も妃様をお迎えになりませんでした」

「ど、どうしてですか？」

一般的に知られているシャルディア王国の歴史では、何度も王位継承が行われており、妃も迎えたことになっている。けれどそれは廷臣たちによって巧妙に捏造されたものだった。

「本当のことはご本人にしか分かりません。精霊と人では感性が異なりますし、あの方は女性に興味がないのではないかと……個人的に思っておりました」

人の姿をなすほどの上位精霊は、子を作ることも可能だという。だが、エルゼはそうしようとしなかった。

「ですから、陛下があなたを連れて大宮殿にお戻りになったときには大変驚きました。私からすると、女性に親切になさるような方にはとても見えませんでしたので」

「そうなんですか？　旅の途中、ずっと優しくしていただいたんですけど……」

「信じられません！　全く別の人の話ではないかと思うほどですよ。女性どころか国のことにも関心を示さず、長くお仕えしていても、いまだに何を考えていらっしゃるのか分からない、摑みどころのないお方ですので」

「……？」

それを聞いて、頭に疑問ばかりを浮かべる。レディスが思うエルゼと、ノルティマが思うエルゼでは、大きな乖離があるようだ。

「――ちなみに、長いことお仕えしておりますが、陛下は私の名前をまだ覚えておられません」

「ええっ!?　親密なご関係のように見えましたが……。エルゼにも意外と薄情な一面があるんですね。名前くらい、覚えて差し上げたらいいのに」

「もう諦めております」

レディスは開き直ったように目を細めた。

ノルティマが知る彼は、爽やかで気さくな少年という感じ。よく話し、よく笑い、いつでもノルティマのことを気遣ってくれる。てっきり、誰に対してもそうなのだろうと思っていたが、違うみたいだ。

「そもそも精霊は人間よりも感情が豊かではないそうです。ですが恐らく、ノルティマ様は特別な存在なのでしょう。あなたが先ほどおっしゃったように、王が心に孤独を抱えていらっしゃるのだとしたら、あなたはそれを癒すことができるのかもしれません」

「…………」

孤独な国王の心を癒すと言われ、ノルティマの表情に影が差す。

（違う。むしろ私は、エルゼの傍にいてはならない存在）

なぜなら自分は、エルゼがかつて治めていた水の精霊国を滅ぼしたアントワール王家の――末裔なのだから。けれど、ノルティマはそんな心を隠すように笑顔を取り繕う。

「レディス様だっているではありませんか。きっとエルゼにとっても、レディス様の存在は心強いはずです。エルゼはレディス様のこと、大切に思っていると思いますよ」

すると今度は、ノルティマではなく彼の表情が暗くなる。

「……どうせ私はもう、解雇される身ですので」

「それって、どういう……」

しかしレディスは、それ以上何も言わなかった。


また別の日、ノルティマは自室で本を読んでいた。レディスが持ってきてくれたシャルディア王国建国にまつわる本だ。

現在シャルディア王国となっている土地は建国される前、雨がほとんど降らず、人々は飢えに苦しんでいた。そこに颯爽と現れた精霊術師が、雨を降らせたのだという。そして、大河は何度も洪水を起こし、大地を潤した。以降、この国は何もしなくても作物がすくすくと育つ、水源豊かな国へと変わったのだという。そして、人々を救った精霊術師は――初代国王になった。

(この初代の王様が……エルゼなのよね)

にわかに信じがたいことだが、彼は水の精霊国が滅んだあとに、シャルディア王国に渡って王に据えられた。そして、名前を変えながらたったひとりの王として君臨し続けているのである。

彼は一体、どんな気持ちでこの国の長になったのだろうか。かつて治めていた国が滅んでしまったのに、どうしてまた王になることを受け入れられたのだろうか。

ノルティマはずっと、次期女王という重責におののいていた。もし自分の代で、民が傷つけられ、ましてや国が滅亡してしまったら、易々とは立ち上がれないだろう。エルゼは、それだけ強い精神を持っているということだろうか。

そっと本を閉じて、時計を見つめる。

今日も、レディスが部屋に訪れて精霊術やこの国について教えてくれることになっているのだが、待てど暮らせど、彼は来なかった。

（レディス様が約束の時間に遅れたことは今までに一度もなかった。どうしちゃったのかしら）

もしや、何か問題が起きているのかと思い、椅子から立ち上がる。彼のことが気になり、探しに行くことにした。

大宮殿の中には、政務に関連した施設から廷臣や使用人たちの寝室まで、とにかく沢山の部屋がある。レディスは、エルゼの側近として、執務室で雑務をこなしていることが多い。そこで、執務室に行ってみることにした。

だだっ広い廊下を歩いていると、メイドたちが数人集まってひそひそと噂話をしていた。

「宮廷費を横領ですって。嫌ねぇ、本当」

「所詮は卑しい孤児なのよ。陛下に拾ってもらいながら恩知らずな」

「本当本当。あの人が宮殿を出て行ってくれたら、ここの空気もマシになるわね」

誰の悪口かは分からないが、随分と盛り上がっているようだった。

レディスの執務室に着いたとき、ノルティマ以外にも騎士たちが複数名来ていた。そして、使用人たちが野次馬のように集まってきていて、ちょっとした騒ぎになっている。

執務室の中から、後ろで手を縛られ拘束されたレディスが、騎士たちに引きずられるようにして出てきた。

「レディス様……!?」

俯きがちに歩いていた彼が、こちらの呼び掛けに気づいてはっと顔を上げる。

「ノルティマ様……」

「一体、何があったのです?」

すると、レディスが答える前に、彼を拘束している騎士の隣に立つ、中年の廷臣が言った。

「この者が多額の宮廷費を横領し、懲戒解雇が命じられているのだよ」

先ほど廊下で聞いた噂話が、レディスのことだったとは予想外である。レディスとはまだ短い付き合いではあるが、とても真面目で、横領を行うような人には思えない。

「何か横領したという証拠は見つかっているのですか?」

「宮廷費の管理責任者はこの者だった。彼がやったとしか考えられないだろう」

話を聞くと、ただ責任者であるというだけで、横領の罪を問われていると分かった。

ノルティマがアントワール王国の王宮にいたときも、何度か横領事件が起きたことがあった。横領問題には、証拠収集が不可欠だ。ろくに証拠もなく、横領が起きたという事実だけで、レディスが犯人だと決めつけて罰するなんておかしい。ノルティマはレディスに確認する。

「事実なのですか？」

「いいえ。何度も否定していますが、私は弱い立場なので、上の意向には逆らえません」

そう言って彼は、諦めたように目を伏せる。そんなレディスを、野次馬として集まっていた使用人たちが白い目で見ながら、またこそこそと話す。

「元孤児が、国王陛下の側近になるなど身の程知らずだったんだ。だから図に乗ってこうして問題を起こす」

「往生際が悪い奴め。あいつがやったに決まってる！」

レディスへの非難の言葉が耳を掠め、ノルティマはぐっと拳を固く握り締める。ノルティマも今まで、根も葉もない噂を立てられたり、廷臣たちに責任を押し付けられたり、散々辛酸を舐めてきた。きっと、レディスは横領などしていない。彼の気持ちが痛いくらいに分かって、胸が締め付けられる。昨日レディスと会ったときに、自分はどうせ解雇されると言っていたのが引っかかっていたが、昨日の時点ですでに、横領の疑惑が彼に向けられていたのだろう。

ノルティマはきわめて冷静に、レディスを捕まえに来た廷臣に言う。

「レディス様は無実です。経費の不正使用なら、レディス様以外にもできたかもしれません。嫌疑が不十分な状態で犯人だと決めつけるのはいかがなものかと」

「はっ。あんた、さっきからなんなんだ。部外者は口を挟まないでくれ。お前たち、この者を宮殿から摘み出せ」

廷臣が命令すると、騎士たちが頷き、ノルティマの腕を引っ張ろうとする。すると、レディスが言った。

「彼女は国王陛下がお連れしたお客様ですよ。無礼があれば、あなた方も私のように牢屋に入れられますが、よろしいのですか？」

「……っ!?」

廷臣は悔しそうに顔をしかめたあと、騎士たちに再度命令をして拘束を解き、明らかに心にもなさそうな謝罪を述べた。

「陛下のお知り合いとも知らず、失礼をお詫びいたします」

「いえ、お構いなく。それより、レディス様をこのまま懲戒処分にするのは納得できません。この件、私に任せていただけませんか？」

「……は？　いやいやあなた、一体何を言って――」

「今回の横領問題について、事実を整理し、レディス様が無実であることを証明いたしましょう」

「なっ……!?」

ざわり。ノルティマの発言に、周囲にいた人たちがざわめく。廷臣は、「お前のような小娘に何ができるのか」とでも言わんばかりに、いぶかしげな表情を浮かべた。その場に居合わせた人達も、「どうせ無理だ」とこそこそ言い合う。

しかし廷臣の男は、ノルティマが国王の客人であることを踏まえ、しぶしぶ承諾するのだった。

彼はこちらをまるで馬鹿にするように、ふんと鼻を鳴らして言う。

「ふんっ、ではご自由にされるといいでしょう。できるものなら、この男の潔白を証明してみてください。期限は明日の夜明けまで。よろしいですね？」

「それだけいただければ十分です」

現在の時刻は正午過ぎ。やれることはいくらでもあるだろう。ノルティマはふわりと微笑む。ノルティマの余裕のある態度に、廷臣が不機嫌そうに眉をひそめ、騎士に言った。

「レディスのことはそれまで、牢屋に閉じ込めておけ」

騎士たちに引っ張られながら、レディスが心配そうにこちらに言った。

「ノルティマ様。本当にできるのですか？」

「どうぞご安心を。これは——私の得意分野です」


危機的な状況ではあったが、ノルティマは落ち着いていた。執務室に残り、監視されながら、横領に関する情報を整理していた。先ほどレディスを捕らえに来た尊大な態度の廷臣は、パウロスと名乗った。かなり良い家の出で、廷臣の中でも地位が高いらしい。

ノルティマは机に向かい、まずは被害金額を確認していた。

（かなりの金額ね。宮廷費の管理責任者であるレディス様がここまで気づかなかったということは、不正計上されている可能性がある）

机の上には、横領が起きたとされる半年分の、膨大な書類が山のように積み重なっている。主に、この宮殿の施設管理費用や、エルゼの公務に使用された費用の領収書などだ。不審なものはないか、ひとつひとつ目を通していく。

「いくら調べたところで無駄です。レディスが帳簿の数字を偽造して金を懐に入れたに違いない。卑しさが染み付いておりますから。なぜならあの者は――」

「……元孤児、だからですか」

書類からゆっくりと視線を動かし、パウロスを見据える。ノルティマの冷ややかな眼差しに射抜かれ、彼は息を詰めた。

「ああ、よく分かっていらっしゃるじゃないか」

「パウロス様は……レディス様の出生についてご存じなんですか？」

「この大宮殿では有名な話ですよ」

そして彼は、レディスの過去について話した。エルゼが孤児だったレディスを大宮殿に連れ帰ったのは、およそ二十年ほど前のこと。レディスは親なし、宿なしの路上生活者で、物乞いをしながら街の片隅で生きていたという。そんな彼を気まぐれに拾ってきたエルゼは、彼に温かい食事と、清潔な服を与え、直接文字書きや精霊術を教えたという。

国中の人々が敬愛する国王が、たったひとりの卑しい少年に目をかけることを、人々は当然好ましく思わない。大宮殿にいる者たちは、レディスに嫌がらせをするようになった。けれどレディスは、大宮殿を出て行くことはせず、教養や精霊術を必死に身につけて、実力でエルゼの側近にまで上り詰めた。それでもなお、彼の出自のことを揶揄する者は多かった。

（ただのやっかみじゃない）

ノルティマはレディスの苦労を想像し、小さく息を吐いた。きっとその妬みが、今回の濡れ衣にも繋がったのだろう。

　ノルティマはいくつかの書類をまとめ、パウロスに差し出した。

「お手数ですが、この全ての取引先に行って、領収書を提出してもらって来てください。――日が暮れる前までに」

「は、はああ!?　一体どれだけあると思っているんです!?」

「できないのですか」

　挑発するようにじいっと彼のことを見つめると、観念した彼は頭を掻きながら言った。

「ああっ、もう。分かりましたよ！　行けばいいんでしょう行けば」

「ありがとうございます」

　パウロスは舌打ちし、書類を奪うように受け取る。そして、「生意気な小娘だ」と小さく不満を零しながら、執務室を出て行くのだった。

　ノルティマはふいに、窓の外を眺めた。こうして書類の山に埋もれながら過ごすのは、アントワール王国にいたころ以来だ。

（なんだか懐かしい感じ……）

　母親や婚約者、廷臣たちに仕事を押し付けられて、いつも執務室に缶詰め状態だった。目の下にクマを作り、寝不足になりながらそれらをこなしていた。経理もノルティマの仕事のひとつだったが、次期女王を侮っている廷臣たちが不正を働かないように、常に目を光らせている必要があった。

　そして実際に、不正行為が発覚したときには、不正を行った廷臣を特定したり、損害を回収したりしてきた。いつだって、王宮の問題の尻拭いをするのはノルティマだったのだ。

いつの間にか日が暮れて、気づけば夜が明けていた。ノルティマは食事も取らずに作業をし続け、経費の不正計上と架空の取引がでっち上げられた証拠を見事に見つけたのだった。その筆跡は明らかにレディスのものではなく、彼の無実は証明された。不正を行った犯人も、そのうち調べがつくだろう。

身体は疲れているのに、ノルティマは清々しい気持ちだった。仕事をしてこんなに気分がいいのは、初めてのことかもしれない。命じられるのではなく、誰かのために望んでやる仕事は、心を満たしてくれるのだと知った。


レディスは幼いころから一心に、リュシアンの背中を追いかけてきた。物心ついたころには親に捨てられ、ゴミ溜めの中で生きていた。シャルディア王国は精霊の加護が強く、周辺国より豊かだと言える。それでも、レディスのような不幸な境遇にある者は少なくなかった。

ゴミを漁ってカビたパンをかじっては空腹を紛らわせ、どうにか命を繋いでいた。レディスと同じような孤児たちは大抵、栄養失調や病気になって死んでいく。そんな中で、レディスは運良く、目の前に現れたリュシアンに気まぐれに拾われたのである。

リュシアンに出会った日は、よく晴れていた。レディスは当時、八歳かそのくらいだった。薄暗い路地の裏で、明け方ひとりの孤児が息を引き取った。レディスの隣には、子どもの死体が倒れていた。

（今日で何人死んだ？　次はきっと、僕の番……）

おもむろに空を見上げ、眩しい陽光に目を眇めながらそんなことを思ったときだった。目の前に、亜麻色の髪をした長身の男が現れ、懐からパンを差し出す。

「食え」

「………っ！」

奪うようにパンを受け取り、無我夢中でかぶりつく。飢餓状態が続いていたため、お礼を言う余裕もなかった。そうしてパンを食べるレディスの傍らで、男は倒れている死体に目を留める。彼はその場にしゃがみ込み、死体を観察した。

「死んでいるのか？」

「……んぐ、うん」

パンを飲み込みながらそう答え、男の反応を見ようと顔を向ける。すると彼は、悲しむわけでも同情するわけでもなく、無表情に死体を見下ろして「そうか」とだけ答えた。

（不思議だ。人ではないみたい）

人形のように精巧な外見で、そして表情がない彼を見て、レディスはそんな感想を抱いた。すると彼は、今度はこちらをじっと見つめた。

「親に捨てられたのか？」

「……うん」

「なら、俺に付いて来い」

「え……」

彼はそう言って、くるりと背を向け歩き出した。どこに連れて行くつもりなのか、どうしてそんなことを言ったのかなんの説明もなかった。どの道レディスに、行くあても生活の拠り所もない。レディスは戸惑いながら、その背中を追いかけたのだった。

「ま、待って……っ」

このときのレディスは、まさかこの男がシャルディア王国の国王だったとは思いもしなかったのである。


リュシアンがレディスを拾ったのがただの気まぐれだけではなく、精霊術師の資質を見抜いたからだと教えられたのは、王宮に連れて来られてからすぐのことだった。路地裏に戻るか、精霊術師になるかの二択を突きつけられ、選択の余地もなくレディスは精霊術師になることを決心した。

レディスは自分を救ってくれた彼の役に立ちたくて、必死に努力した。文字の読み書きも、敬語も、礼儀作法も身につけた。そして、十八歳になるころに正式な精霊術師となり、リュシアンの側近の座も摑んだのである。出自が原因で、貴族や廷臣たちに馬鹿にされることはあったが、死ぬか生きるかという過酷な世界で生きてきたレディスからしてみると、かつての壮絶な日々を思えば些細なことだった。

どんなに非難されようと、リュシアンの傍で仕えている自分に誇りを持っていた。

「陛下はなぜ、精霊術師の育成にこだわるのですか？　この国の平和と繁栄のためですか？」

あるとき、レディスがそう尋ねると、リュシアンは口角を持ち上げて答えた。

「……死ぬため」

その回答に、どきんっと心臓が跳ねる。

リュシアンは、無表情でいるか、摑みどころのない不敵な微笑を浮かべていることが多い。いずれにしても、彼が何を考えているのかは分からない。多くのことに関心を示さなかった彼はなぜか、精霊術師の育成には力を入れている。そのことをずっと、疑問に思っていた。

「――なんてな。冗談だ」

目の前で不敵に微笑むリュシアンは、出会ったころと変わらない、若々しい風貌のままだった。レディスは成長して随分と背が伸び、顔立ちも大人びたが、彼は何ひとつ変わることなくそこにいた。しかし、今見せた笑顔には壮絶な憂いが漂っていて、レディスは胸を締め付けられた。

（この方は、こういう冗談は言わない）

リュシアンが精霊そのものであり、二百年もの間、この国の玉座にい続けてきたことは、側近になったときに彼から打ち明けられている。二百年も生きていれば、大切な人を何人も失ってきたはずだ。寂しくなかったはずがない。苦しくなかったはずがない。精霊は人間より感情が乏しいらしいが、感情がないわけではないのだ。王だの精霊の血を引く者だのと崇め奉られてきた彼の、生きるよすがは、一体どこにあるのか。

もしかすると、リュシアンにはなんらかの、死ねない理由があるのかもしれない。精霊術師の育成が、冗談ではなく本当に死を迎えるためなのだとレディスは悟った。悟ってしまったから、たまらなく切なくなり、瞳から涙が零れる。

するとリュシアンは、レディスの涙に戸惑ったように、眉をわずかに上げた。

「たとえ、陛下を殺せる力を得たとしても、恩人であるあなたを殺すことはできません。ですがいつか陛下が、生きているに値する何かに出会うことを願っております。そのときまでどうか、お傍で仕えさせてください」

リュシアンはきっと、生きることに執着がないのだろう。それでもレディスは、恩人であり、師でもある彼に生きていてほしかった。するとリュシアンは、いつもの不敵な笑みを湛えて言う。

「ふっ。お前もいつの間にか、随分と生意気を言うようになったんだな」

「それは……。申し訳、ありません。出過ぎたことを申しました」

「いや、謝ることはない」

そう言ってまた微笑んだ彼から憂いを感じ取り、レディスは彼の力になりたいと改めて思うのだった。

そのまま月日は流れ、リュシアンの側近となってから十年が経過していた。

名前を呼ばれたことは一度もない。多くのことに関心を持たない彼のことだ。きっと、覚えられてすらいないのだろう。それでもレディスは、彼を敬愛し、彼の最も忠実な臣下として、献身的に仕え続けた。

　子どもの姿になったリュシアンが、若い娘を大宮殿に連れ帰ったときは、たいそう驚いたものだ。二百年の在位中、妃を迎えたことがなく、恋愛にも全く興味がなさそうだったリュシアンだが、ノルティイマを見つめる眼差しは、明らかに愛する女性を見つめるものだった。

　彼はノルティマの前では、青年のようなあどけなさや豊かな表情を見せていた。ノルティマは彼のことを『エルゼ』と呼び、とても親しみをもって接しているようだった。そんなふたりを見て、レディスは嬉しかった。敬愛してきたリュシアンがようやく、生きるに値する何かに出会えたのではないかと感じた。

　レディスは横領罪の濡れ衣を着せられ、王宮の牢屋に閉じ込められていた。このまま懲戒処分になるかと思いきや、ノルティマがレディスの無実を晴らそうと動いてくれている。

「食え」

　そのとき、鉄格子の向こうから子どもの手が伸びてきた。手のひらには、柔らかそうな白く丸いパンが載っている。こちらにパンを差し出したのは、子どもの姿になってしまったこの国の君主――リュシアンだった。

　レディスが手を伸ばしてパンを受け取ると、彼は鉄格子の向こうで言った。

「朝から何も食べていないと聞いた」

「……ありがとうございます」

　もらったパンをちぎってひと口食べる。彼に出会ったときの記憶が蘇り、懐かしい感覚がした。

あのときもこうして、リュシアンにパンを与えられたのだ。

「このままでは懲戒処分どころか、告訴される可能性もある」

「告訴はないでしょう。本格的な調査が入れば、困る人間がいると思うので」

「お前に濡れ衣を着せた本当の犯人——か？」

「私の無実を信じてくださるんですか？」

彼は鉄格子に背をもたれながら、床に腰を下ろす。

「お前はやっていない。そういうことをしない人間だとよく知っている」

いつの間にかこの人に、随分と信用されていたものだ。

「俺が廷臣たちに請け合っておくから心配は無用だ。お前にいなくなられては困る。この王宮内で、本当に俺のことを気にかけてくれるのは、お前くらいなものだからな。——レディス」

長い付き合いの中で初めて名前を呼ばれて、目を見開く。

「お、驚きました。私の名前をご存じだったのですね」

「覚えているさ。お前がずっと小さいときから面倒を見てやってるんだから」

その声がやけに優しくて、鼻の奥がつんと痛くなる。リュシアンはレディスに興味がないと思っていた。けれど、大切に思われているのだと、彼の優しげな声が実感させてくれる。

「全く。面倒を見てもらっている、の間違いでは？　自由すぎる陛下の世話役は、私にしか務まりませんよ。そうだ、実は——」

実は今、ノルティマがレディスの潔白を証明するために動いてくれている、と説明しようとするレディス。しかしそのとき、牢屋に廷臣パウロスがやって来た。彼は鉄格子の前に座っているリュシアンを見るやいなや、怪訝そうな顔をして言う。

「おいおい、ガキがどうしてこんな場所にいるんだ？　邪魔だからほら、退いた退いた」

その少年が国王であることに気づかないパウロスは、リュシアンを足で退ける。リュシアンはそんな扱いをされても不機嫌になったりせず、無表情に立ち上がって言った。

「何をする気だ？」

「何って見ての通り。その男を解放しに来たんだ。ほら、さっさと出ろ。例のお嬢様のおかげで、お前は無罪放免。よかったな」

――ガチャリ。パウロスは持ってきていた鍵で、牢屋を開けた。


解放されたレディスは、ノルティマに感謝を伝えるために、リュシアンとともに執務室へと向かった。

「ノルティマ様は一体何者なのですか？　若いのに度胸があり聡明です」

まさか本当にたった一日でレディスの無実を証明してしまうとは、思いもしなかった。少なくともノルティマには、経理の知識と経験があるということだ。あのひっ迫した状況での落ち着いた態度を見るに、こういう問題にも慣れているように思える。

「――彼女は、アントワール王国の第一王女だ」

「は、はああっ!?」

主の口から告げられた衝撃の言葉にぎょっとし、声を上げる。広い廊下に、レディスの大きな声が響き渡り、往来していた使用人たちがこちらを懐疑的に見た。普段は冷静沈着で落ち着いているレディスが、驚いて声を出すことなど滅多にない。

アントワール王国と言えば、次期女王が失踪したことで大騒ぎになっている。確かに失踪した王女と同じ名前だとは思っていたが、まさか本人だとは夢にも思わなかった。失踪した王女が、名前も顔も隠さずにシャルディア王国の大宮殿に滞在しているなんて、信じられない事態である。

しかし、重要なのは、なぜノルティマがリュシアンとともにシャルディア王国へ渡ったのかということ。その内容次第では、国際問題に発展する可能性もある。

レディスは恐る恐る、尋ねる。

「ま、まま、まさか誘拐……されたのですか」

「違う。彼女を王国から連れ出しただけだ」

「それが誘拐です！」

「だったら悪いか？」

「開き直らないでください」

国王は、誘拐の事実をさらりと認めてしまった。

横領罪どころか、すぐ隣に国際問題に関わる大罪を犯した者がいたとは。レディスはよろめき、壁に片手をついて身体をどうにか支える。そして、もう片方の手で額を押さえながら嘆息した。

「せっかく牢屋から出てきたと思ったのに、誘拐犯罪の片棒を担がされることになるとは。これならいっそ、横領罪で捕まっていた方がマシでしたよ」

「彼女は、アントワール王国の王宮でひどい扱いを受けていたようだ。……彼女は限界だった」

なるほど、だからノルティマを救うために王宮から遠ざけたというわけか。レディスは苦笑を浮かべて、肩を小さく竦める。レディスもかつてノルティマと同じように、リュシアンにすくい上げられた身だ。そして、リュシアンが助けたノルティマにも、今回のことで力を貸してもらった。

リュシアンの気まぐれに振り回されるのはもう慣れたことだ。そして、彼の気まぐれによって救われる人がいることを、レディスはよく知っている。

「……全く、仕方のないお方ですね」

小言を言いながらも、結局自分は、彼の味方でい続けるのだろう。

そして、執務室の扉を開くと、ノルティマが机に突っ伏した状態で寝息を立てていた。机には大量の書類が積み重なっている。

すると、彼女の前まで歩み寄ったリュシアンが、優しげに目を細める。その表情から、ノルティマへの愛情がこれ以上なく溢れ出していた。そして、自分が着ていた上着を彼女の背中にかけながら、甘やかに囁いた。

「こんなところで寝ていては、風邪を引くよ、ノルティマ」

「ん……」

リュシアンの声を聞いたノルティマは目を覚まし、瞼を擦りながら半身を起こした。窓の外から差し込む朝日が、彼女のたおやかな銀髪をオレンジ色に染めている。

「……エルゼ」

彼女はリュシアンを一瞥したあと、レディスの姿に気づいてぱあっと表情を明るくさせる。そして、花が綻ぶように、愛らしい笑みを浮かべた。

「よかった……。牢屋から出してもらえたんですね」

普段は表情の変化が少ない彼女が珍しく見せた笑顔に、胸の奥がきゅっと甘く締め付けられた。

「え、ええ。ノルティマ様のおかげです」

「とんでもありません。私……思ったんです。レディス様とエルゼは、主従の関係である前に——友人でもあるのだと。そういうの、すごく素敵だなって……」

眠いからか、随分と気の抜けた様子で微笑む彼女。朝日に照らされているせいか、そんな彼女がひときわ眩しく見えた。

(少し、陛下のお気持ちが分かるような気がします)

きっと、リュシアンにはレディス以上に、彼女のことが眩しく見えているのだろう。エルゼはノルティマのことを、まるで宝物でも見るかのような眼差しで見つめていた。


精霊とは実体を持たない光の存在。上位精霊、中位精霊、下位精霊に分かれており、上位精霊であれば神力を使って、人間の肉眼でも捉えられる姿になることができる。精霊たちには喜怒哀楽がほとんどなく、愛に満たされ、ただそこにたゆたうように存在している。

かつて、アントワール王家に滅ぼされた水の精霊国は、人の目には見えない国だった。水の精霊国はその名の通り、水の中にあった。リノール湖は神気が集まりやすい場所で、自然と精霊たちが集まっていった。

精霊たちの中で最も神力が強い者が王として選ばれ、人間たちともそれなりに良好な関係を築いていた。リノール湖を精霊たちの住まいとして保護してもらう代わりに、精霊たちは精霊術師を通じて、人間に力を貸した。精霊が住むことで、作物はすくすくと育ち、国は豊かになった。

そんな水の精霊国が滅ぼされたのは――五百年前のこと。良好な関係を築いていたはずのアントワール王家が、私欲のために、精霊たちを強引に支配しようとしたのだ。

「精霊たちに契約の術を施し、使役したい……だと？」

時折エルゼは人間の姿になり、王宮へ出向いてアントワール王家の者と廷臣たちを含めた定例会に参加していた。定例会では大抵、精霊の力で困り事を解決してほしいと要望され、エルゼは気まぐれにその願いを叶えていた。

しかしその日は、廷臣たちの様子がどうにもおかしかった。そして、王フリストフォルから告げられたのは、契約の術をいくつかの精霊にかけたいという内容だった。人間が精霊を強引に従わせることができるのが、この契約の術だ。本来は、精霊術師たちが大気中にいる不特定の精霊に呼びかけると、そこに居合わせた精霊が気まぐれに力を貸す仕組みになっている。けれど、この契約の術を交わせば、精霊はいついかなるときでも精霊術師に強制的に呼び出され、命令に従わなくてはならなくなる。

つまり契約の術は、人間にとっては好都合なもので、精霊にとっては自由を奪われるもの。

この契約の術は、かなり高度な精霊術なのだが、フリストフォルにはこれが扱える。なぜならアントワール王家の初代王は類まれな精霊術の天才で、その血を受け継ぐ王族も皆、素晴らしい才能を持って生まれるから。しかし、初代国王はこよなく精霊を愛していたらしいので、自分の子孫が精霊を傷つけるために力を行使しようとしていると知ったら、たいそう嘆くだろう。

エルゼは眉ひとつ動かさない。精霊は感情がほとんどない。怒りも、喜びも、悲しみも、ほとんどない。フリストフォルはこちらの無反応に安心したのか、へらへらと笑みを浮かべたまま続けた。

「契約といっても、ごく一部の精霊だけです。近年、周辺国は国力を増してきておりまして、我が国が対抗していくために、ぜひ精霊たちの力を借りたいのです。アントワール王国の水源であるリノール湖を精霊の住処として認めているのですから、そのくらいの見返りがあってもいいでしょう」

見返りというのなら、精霊たちは散々人間に力を与えている。

精霊たちは自由を好み、束縛されることを嫌う。エルゼは首を横に振り、要求を撥ね除ける。

「それは無理な頼みだ」

契約の術は、人間と精霊双方の合意がなくては結ぶことができない。精霊との意思疎通が前提となる高度な術だ。精霊側が契約の術を拒むと、憤ったアントワール王は暴走した。

どうせ手に入らないのなら、壊してしまえばいい――と。あるいは、ちょっと脅したら、精霊たちが契約の術による支配に応じると考えたのかもしれない。その真意は分からないが、とにかく、アントワール王は軍を派遣し、リノール湖を埋め立てた。

完全に湖をなくすには至らなかったが、それでも精霊たちの居場所を奪うには十分だった。精霊たちの抵抗もむなしく、水の精霊国は滅びたのだった。

面積を大幅に減らしたリノール湖を見据えながら、水の精霊国最後の王となったエルゼは立ち尽くしていた。愛で満たされていたはずの心が、黒く、黒く、塗り潰されていく。

（……これが、怒りというものか）

人間世界と関わる時間が長かったせいか、人間らしい感情がエルゼの中にも多少なりとも根付いているのかもしれない。精霊にとって、本来の性質である愛と真逆の負の感情を抱えるのは、不自然な状態。このまま怒りに支配されれば自分は――悪霊となるだろう。

住処を失った精霊たちは離散し、今はどこにいるのか分からない。国を滅ぼされたショックで悪霊化してしまった精霊も多く、リノール湖には、そんな哀れな仲間たちが浮遊していた。悪霊に堕ちてしまえば、憎しみや恐れを味わいながら、暗闇をさまようことになる。

そして、仇を取ろうと王宮に忍び込んだ。騎士たちがエルゼに応戦している隙に、ひとりきりで王宮を逃げ出した愚かな国王フリストフォルを、リノール湖の畔まで追い詰めた。

「たっ、助けてくれ、命だけは……っ」

精霊たちの住処を奪った男は、涙ながらに命乞いをする。こんなに情けない男が仇とは、つくづく腹立たしい。

「金か!? 金が欲しいんなら、いくらでも用意する。だから、な？ その剣を収めるのだ……っ」

国王の必死の交渉は、片耳からもう片方の耳へとすり抜けていった。

金などに興味はない。ただ、平和に仲間たちと暮らせていたら、それでよかったのだ。それを全て、この男が壊した。

エルゼは国王を地面に押し倒し、氷で作った剣を彼の首筋に突きつける。剣先が男の肌を掠めて、血が滴り落ちた。

「ひっ……」

彼が悲鳴を漏らしたのと、エルゼが剣を振り上げたのは——ほぼ同時だった。

しかし、剣先は国王の顔のすぐ隣の土に刺さった。エルゼは仇である男を——殺せなかった。

「なぜ……刺さない？ 仇である、余を……」

「失せろ。俺の気が変わらないうちに」

吐き捨てるように告げると、男は転がるように逃げていった。殺すことは簡単だ。だが、仇討ちをしたところで、リノール湖が元に戻るわけではなく、せいぜい一瞬の心の慰めにしかならない。それに、たとえ憎い相手でも、命を奪えば、仲間たちを傷つけたあの男と同じになってしまう。

湖の水音が、鼓膜を震わせる。湖面が妖しく光を帯びて、波紋が大きく広がっていく。エルゼは吸い寄せられるように、湖の中に入った。冷たくて、薄暗い水の中が、今のエルゼにはひどく心地よく感じられる。

もう、怒るだけ怒った。悲しむだけ悲しんだ。だから、完全に心が闇に囚われる前に、負の感情を手放さなければならない。そう何度も自分に言い聞かせた。

リノール湖には、おびただしい数の悪霊がさまよっている。エルゼも心が闇に呑まれれば、神性を失って悪霊となるだろう。だが、悪霊化した仲間たちを救うために、自分は最後の王として生き続ける覚悟を決めたのだ。

水面から差し込む陽光に、おもむろに手を伸ばす。孤独な王の手を摑んでくれる者はいない。何に届くわけでもないのに手を伸ばす自分は、救いを求めているのだと理解した。


それからエルゼは、アントワール王家に復讐するのではなく、悪霊化した精霊たちを癒すことに専念した。その過程で、精霊に呪いを受けて寿命を取り上げられたが、それでもエルゼは、神性を失わないように努めた。いつしか本当に怒りも薄れていった。

欠乏感があるから、満たしがある。苦しさがあるから、安らぎがある。その表裏一体の性質は、切っても切り離せず、どちらが欠けても成り立たないものだ。どちらが良いというわけでもなく、それぞれ同じように尊ぶべきもの。精霊エルゼは、長い時間をかけて人の心を少しずつ理解していった。

「……エルゼ」

フリストフォルを生かし、不本意にも精霊たちに生き延びる力を与えられたおかげで、五百年の時を経てノルティマに出会った。

ノルティマは、弱い心を奮い立たせながらひたむきに生きていた。そんな彼女がいじらしく、尊く見えて、エルゼの心を震わせた。彼女と話す度、名を呼ばれる度に、温かく透明な何かで満たされていく。

ノルティマとの奇跡のような出会いは、激しい苦悩と葛藤がなければ起こらなかった。エルゼにとってノルティマは、あの冷たい湖の中で求めた――救いそのものだった。

第四章
逃避行の末に出した答え

とある日の午後、大宮殿の図書館に本を返しに行こうと廊下を歩いていると、図書館から子どもたちが飛び出してきて、ノルティマのもとに駆け寄ってきた。

「ノルティマ様ーっ！」

「ノルティマ様、またご本を読んで！　一緒に遊ぼっ！」

「勉強を教えてください！」

彼女たちは廷臣や貴族の令嬢や令息だ。時々親と一緒に大宮殿を訪れ、社交のマナーを教わったり、互いに親交を深めたりしている。

あるときたまたま図書館に居合わせたノルティマが半日ほど構うと、すっかり懐かれてしまい、それ以降は会うたびに本の読み聞かせや、ちょっとした勉強を教えるなどしている。彼女たちはノルティマのことを、自分たちと同じ貴族の娘だと思っているようだ。

子どもたちはノルティマを囲み、服の裾をつまんだり、腕を引っ張ったりして一生懸命に気を引こうとしてくる。

（かわいい……）

「ふふ、分かったわ。もう、そんなに引っ張らないで」

「「やったあっ！」」

はしゃぐ子どもたちに連れられて図書館の中へ入る。借りていた本を返し、閲覧用の個室に彼らと一緒に入った。

ソファにノルティマが腰を下ろすと、子どもたちは毛先の長い絨毯の上に行儀よく座った。

ノルティマが本の内容を音読する間、彼女たちは真剣な眼差しでこちらを見ていた。ちなみにその本の内容は、上位精霊が美しい男の姿となり、虐げられていた姫を助けて恋に落ちるというもの。

（どこかで聞いたことがあるような、ないような話）

ぺら……と本のページをめくったあと、ノルティマの形の良い唇が音を紡ぐ。

「それから、お姫様は男の唇に自分の唇を重ねて、神力を吹き込みました。怪我をした精霊が回復するには、神力が必要だからです」

姫が上位精霊に口付けをしている挿絵を子どもたちに見せると、たちまち盛り上がりを見せる。

「わあっ、ちゅーしたーーっ！」

「ちゅーだ！」

精霊の力の源である神力は譲渡することが可能だった。精霊同士だけではなく、精霊と人間の間でもでき、粘膜を触れ合わせることが条件となる。……そういえば、ノルティマが湖に落ちたときも、エルゼが口付けをしてくれたら、身体が楽になって意識を手放したのだった。

彼はもしかして、酸素を送り込むだけではなく、自分の神力も一緒に注いでくれたのではないか。

（じゃあ、エルゼに神力を譲渡すれば、元の姿に戻ることができる……？）

ノルティマでは微力かもしれないが、枯渇した神力を回復させる手助けにはなるかもしれない。

とはいえ、自分から口付けをするのは、初心なノルティマには難易度が高すぎる。

「ノルティマはちゅーしたことある？」

「はえっ!?」

思わぬ質問に、変な声が出てしまった。

エルゼに口付けされた記憶が鮮明に思い出され、耳まで赤く染まっていく。ただの記憶に過ぎないのに、心臓が言うことを聞いてくれなくなって、どんどん加速していく。

「あはは、変な声！　顔真っ赤！」

「あるんだ、キスしたこと！」

図星を突かれ、とうとうノルティマの頭から湯気が立ち始める。

「あ、あれは救命行為で――っじゃなくて、大人をからかわないの。……もう」

気を取り直して本読みを再開し、どうにか最後まで読み終える。

「――はい、おしまい。面白かった？」

「「面白かった！」」

ぱたん、と本を閉じて傍に置くと、子どもたちから拍手を送られる。まだ十歳かそこらの子どもたちに恋の物語は早いかと思ったが、楽しんでもらえたようでよかった。

純粋で無邪気な子どもたちの様子に、ほのぼのとした気分になる。母国にいた頃は、子どもたちとのんびり遊ぶような時間などなかったが、今はこうして癒しの時間を堪能している。すると、少年のひとりがこちらに言った。

「ねーねー、ノルティマ様は恋人がいるの？」

「いないわ」

「じゃあ好きな人は？」

「…………い、いないわ」

まさか子どもたちから色恋の質問が飛んでくるとは思わず、戸惑うノルティマ。

ヴィンスという婚約者はいたが、お互いに恋愛感情は一切なかった。貴族というのは、家族のために政略結婚するのがごく普通のことで、そこに愛がないのはよくある話だ。ノルティマは実は……一度も恋をしたことがない。

（……私にもいつか――好きな人ができるのかしら）

するとそのとき、頭の中にエルゼの爽やかな笑顔が思い浮かぶ。

『――好きだよ』

『あなたのことは俺が幸せにする』

『ずっと一緒にいよう。ノルティマ』

愛の言葉を囁かれ、手を繋いだり、抱き締められたりと――もしも彼が恋人だったらという妄想が、一瞬の内に脳裏を駆け巡り、はっと我に返る。

頭をぶんぶんと横に振って、妄想をどこか遠くへ追いやる。

（わ、私ったら何を考えているのよ……！　エルゼはまだ子どもで……はないのよね。大人の姿をした彼は……どんな感じなのかしら）

エルゼは普段、成人男性の姿をしているらしいが、重症を負ったノルティマを治癒したためにその姿を維持できなくなった。つい見た目の印象に引っ張られて子どものように思ってしまうが、エルゼはノルティマよりもずっと成熟した大人なのだ。

彼が成長した姿を想像して顔が赤くなったとき、少年の声によって意識が現実へと引き戻される。

「――じゃあ僕と結婚しようよ！」

「！」

十歳ほどの少年からの突然の告白に、拍子抜けしてしまう。

「最近、父上と母上が縁談の話ばかりするんだ。僕、結婚するならノルティマ様がいいっ。きっと父上たちも納得してくれるはずだよ！」

「…………」

それはどうだろう……と内心で思う。一応ノルティマは、アントワール王国の王家の純粋な血を引く王女であり――元次期女王だ。

彼の両親もノルティマの出自を知ったら、冷や汗を浮かべながら断ってくるだろう。

「ごめんなさいね。私はあなたと結婚できないの。私なんかよりずっと良い相手があなたには見つかるわ」

「えー、じゃあ大人になったらいい？」

（そういう問題では……）

なかなか引き下がってくれず、どう断って良いものかと頭を悩ませていると、上からこんな声が降ってきた。

「――残念。この人は俺のものだよ」

聞き慣れた声に振り向くと、ソファの背もたれの後ろに立つエルゼが、ノルティマの腰を攫う。何百歳も年下の子どもを相手に、鋭い眼差しで牽制するエルゼ。それに、耳元で「俺のもの」と甘やかに囁かれ、ノルティマの顔が熱くなる。

「ノルティマ様は君のものじゃないよ！　君は誰なんだ？　ノルティマ様から手を離せ！」

「そうだそうだ！　俺たちの方がずっと前からノルティマ様と友達なんだぞ！」

「私たちのものよ！」

どうやら子どもたちは、目の前にいる少年が、シャルディア王国の国王だとは夢にも思っていないようだ。それこそ、もし子どもたちの両親が、我が子が国王を責め立てていると知ったら、冷や汗を流すどころか、動揺のあまり立ち尽くしてしまうだろう。

「俺はお前たちよりずっと前から、ノルティマのことを知っている」

「僕はひと月近く知ってる！」

「八年だ」

「うぐぐ……」

意地になって言い争っているエルゼと子どもたちの様子を見て、ノルティマは思わずふっと吹き出した。

「ふ……ははっ、あははっ……」

「「………」」

堪えられずに肩を震わせ、くふくふと笑う。淑女としてはしたないと分かっていても、エルゼたちの様子があまりにおかしくて。

目に溜まった涙を指で拭いながら言う。

「あぁ……おかしい。もう、みんなそんなことで喧嘩しないで。私はみんなのことが大好きよ」

花が咲くようなノルティマの笑顔を目の当たりにし、求婚してきた少年とエルゼは、あまりの愛らしさに見蕩れる。そしてすぐ、思い出したかのように睨み合う。

「僕は君よりもノルティマ様のことが好きだよ」

「へぇ、言うな。だが俺はお前の比にならないほど、この人のことが――好きだ」

はっきりとそう告げたエルゼは、ノルティマの手を握って立ち上がらせる。

「行こう、ノルティマ」

「え、ええっと……」

子どもたちが、ノルティマを連れて行くなと抗議し始める。

「待て、彼女を連れて行くな！」

「泥棒！」

先に誘ってくれたのはこの子どもたちなので、エルゼの誘いを断るべきか、このまま彼に付いて行くべきか考えあぐねていると、エルゼが子どもたちに告げた。

「お前たちは散々彼女に遊んでもらったんだろう？　次は俺が構ってもらう番だ」

当然の権利であるかのように、上から目線で言ってふんと鼻を鳴らす彼。横暴な態度を取る謎の少年に、子どもたちは呆気に取られる。ノルティマは子どもたちに「また遊びましょうね」と申し訳なさそうに声をかけて、エルゼに手を引かれながら図書館を出るのだった。


「さっきの、大人げないんじゃない？　相手は子どもよ」

「……」

エルゼの後ろを歩きながらそう話しかけると、彼は立ち止まってこちらを振り返り、掴みどころのない笑みを浮かべて言った。

「相手が誰であろうと関係ない。あなたに求婚したということは俺の――ライバルだからね」

「ライバル……。それはどういう……？」

つまりエルゼも、ノルティマに求婚しようとしているとでもいうのだろうか。またいつもの冗談を言っているのか、本気なのか分からずどぎまぎしていると、彼ははっきりと答えた。

「言葉のままだ。俺がノルティマの――伴侶の座を狙っているってこと」

「……！」

まるで獲物を狙う獣のような、鋭さを帯びた深い金色の双眸に射抜かれて、心臓がどきんと跳ねる。旅の途中でソフィアの宿に泊まったとき、ふたりの関係にふさわしい名前をのんびり探していくことを約束したのを思い出す。色恋沙汰に疎いノルティマでも、エルゼが自分に好意を持ってくれていること、彼がどんな関係を望んでくれているかを理解した。

（でも、私は……）

エルゼは現在、シャルディア王国の王。彼と結婚するということはつまり、王妃になるということ。アントワール王国の次期女王という地位を捨てて逃げてきた身で、そんな選択はできない。

もしかしたらエルゼが王太女を強引に我が物にしたと解釈され、アントワール王国との国際問題に発展しかねないし、まだエルゼへの気持ちもよく分かっていない。

すると、彼がこちらの心の葛藤を見抜いたかのように付け加えた。

「すぐに答えてくれなくていい。好きになってもらえなくても、俺はただあなたを大切にしていたいんだ」

「エルゼ……」

見返りを求めない無償の愛情。彼がそれを惜しみなく注いでくれて、ノルティマの渇いていた心はいつの間にか癒され、温かな何かで満たされていた。

（でも……与えてもらうばかりで、私はまだ何もできていない。精霊術の勉強という口実はあっても実質的には休養だし、肝心な精霊術だって一度も使えていないもの）

エルゼの役に立つどころか、自分の素性を隠して彼のことを騙している。罪悪感に項垂れ、きゅっと唇を引き結ぶ。

（言わなくては。私の姓が――アントワールであること。水の精霊国を滅ぼした王家の末裔である

ということを）

拳を握り締めて、重い唇を開く。

「あの――」

「「ノルティマ様」」

ようやく勇気を振り絞ってエルゼに秘密を打ち明けようとした瞬間、廷臣と騎士の男ふたりがこちらに話しかけてきた。

まずは、廷臣がこちらに丁寧に頭を下げる。

「この前は相談に乗ってくださりありがとうございました！　おかげで滞りなく徴税が行えましたよ」

「お役に立てたようで何よりです」

続いて、騎士の男が言う。

「私もお礼を言わせてください。ノルティマ様のおかげで予算を抑えながら人数分の鎧を購入することができました！　本っ当に感謝しています！」

「……いえ、大したことは何も」

お礼を言って去っていくふたりの男の後ろ姿を見て、エルゼが不思議そうに首を傾げる。

「随分と感謝されていたけど、何かしたの？」

「相談に乗って、ちょっとしたアドバイスをしただけ」

たまたま困っているところを見かけて、廷臣の男には徴税報告書の誤りを指摘し、騎士の男には、安く鎧を購入するための方法を提案したのだった。

するとエルゼはふっと小さく笑った。

「さっきの子どもたちもそうだけど、あなたはこの大宮殿で、すでに多くの人に必要とされているようだな」

「……！　そんな……私なんて別に、何も……」

「謙遜しなくていい。単なる事実だ」

エルゼはそう言って、ノルティマの頭をぽんと撫でる。

次期女王だったころは、どんな仕事をしても『やって当然、できて当然』と扱われ、感謝されることはなかった。一生懸命頑張っていたら、見返りを求めたくなるものだ。けれどノルティマの周囲の人たちは、誰も報いてくれなかった。

（私はただ、頑張っているねと褒めてほしかっただけなのに）

シャルディア王国に来て、ようやく誰かに必要とされる実感が湧き、自分の存在意義を認められるようになった気がする。この大宮殿にいる人たちはみんな気さくで、ノルティマは初めて人の温かさのようなものに触れた。

「誰かのお役に立てているのなら……すごく嬉しい」

「そうだね。ああ、そうだ。さっき何か言いかけただろう？　何を言おうとしたんだ？」

「………少し、外を歩かない？」

この廊下はひっきりなしに使用人や廷臣たちが往来していて、誰に聞かれるか分からない。

人気《ひとけ》のなさそうな場所で全てを打ち明けよう。ノルティマはそうひっそりと胸に決めるのであった。


大宮殿の庭園は、どこを見ても手入れが行き届いている。茂みは丸く均等に整えられており、オブジェの一つ一つも、職人たちが趣向を凝らしたものだと分かる。

美しい庭園をゆったりとふたりで歩いているうちに、大聖堂に辿り着いた。あまりの荘厳さに、見る度に圧倒される。

(さすがは精霊信仰が根強いだけあって、それを祀る施設にも強い信仰心が反映されている)

空高くにそびえる屋根の先はつんと尖っていて、壁には大きなガラス窓やステンドグラスが贅沢に使用されている。そして大聖堂の入り口に、庶民が大行列を作っていた。

「あの列は何?」

「ああ、大聖堂では精霊術師たちが人々に治癒を施しているんだ。現在の医療で手に負えない病や怪我は、精霊術に頼るしかないからね」

それでも人には運命があり、精霊の力をもってしても治せない病や癒えない傷もあるのだとか。列には包帯を巻いた人や、担架に横たわっている人などが並んでいる。

「私にも……あの人たちを癒すことができるのかしら」

おもむろに自分の手のひらに視線を落とす。ノルティマはまだ、治癒の力どころか何の力も使いこなせていない。自分が本当に精霊術師の才能を持っているのか疑ってしまうほど。

「できる。――あなたなら必ず」

エルゼが即答し、ノルティマの細くしなやかな手を握る。

「あなたに精霊術師の素質があるのは確かだ。身体中に強い神力が巡っているのを感じる。あとは――恐れを手放すこと。あなたは精霊が怖い？」

「！」

怖い。とても怖い。

エルゼの問いかけにそんな感情が湧き上がる。物心ついたときから、慰霊碑の前で毎日苦しんできた記憶が蘇った。精霊である彼に本心を言ってしまっていいものか悩みつつ、こくんと頷く。

「……エルゼのことは、怖くないわ。でも他の精霊は怖い。すごく」

毎日の礼拝の記憶が、まだ身体に焼き付いている。きっと精霊たちはノルティマのことを深く恨んでいるだろう。だから、彼らが力を貸してくれるとは到底思えないのだ。

「あなたが恐怖を抱き、拒んでしまうと精霊たちは力を貸せなくなる」

「でも精霊たちは、私のことがきっと嫌いよ」

「そんなことはない。俺がいるだろう？　優しいあなたのことを、精霊たちも大好きになるはずだ。

――水《アクア》」

呪文を唱えたのと同時に、空中に水の塊が現れる。

生き物のようにふわふわと浮遊する塊に指先で触れると、小さな粒子になって離散した。

水の粒が陽光を反射して虹色に輝く幻想的な光景に、ノルティマは見入った。まるで精霊たちが、ノルティマを喜ばせようと見せてくれたような気がして。

「……水《アクア》」

しーん……。

ノルティマも彼にならって呪文を唱えてみるが、やっぱりだめで、何も起こらなかった。

残念がってしゅんと項垂れる様子を見たエルゼが、どうしたものかと思案する。

「そうだ、精霊の力をもっとあなたに見せてあげよう。――ちょっと来て」

「エルゼ……っ？」

彼に手を引かれるまま、大聖堂の列に近づく。エルゼはぱんっと手を叩いて民衆の注意を引き、軽快に告げる。

「今から俺がお前たちに治癒を施してやろう。重症の者から来い」

「あなたは……精霊術師の見習いか？」

「まぁ、そんなところだ。お前は腕の骨が折れているのか？」

「は、はい」

「手を出してみろ。――治癒《ヒール》」

元精霊王の力は強大で、人々の怪我や病をいとも容易く癒してしまった。エルゼが楽々と怪我を治しているのを見て、ノルティマはふと疑問に思った。

（湖に落ちたときの私の怪我って……どれだけ深刻だったのかしら）

これほど強大な力を持つ元精霊王が、本来の姿を維持できなくなるほどの重症だったなんて。

彼は湖で見つけたときのノルティマの状態を「瀕死の状態だった」と言っていたが、目の前で治療を行う様子を見て、彼の力なら瀕死の人間を回復させることも簡単にできそうに思えた。

エルゼはあっという間に、列に並ぶ全員の治療を完了させた。

「ありがとうございました！　精霊術師見習い様！」

「礼はいい」

無愛想に感謝の言葉をあしらうエルゼ。人々は帰り際、エルゼだけではなくノルティマにも礼を言ってきた。

「あなたもありがとうねぇ」

「い、いえ……私は何も」

「はい、飴をあげるからね」

列の最後尾にいた気の良い中年女性が、ノルティマの手に飴の包みを握らせて、踵を返した。

聖堂の中では他の精霊術師たちが治癒を施していたが、謎の少年があっという間に全員を癒したことに驚いている。唯一、少年の正体が国王だと知るレディスだけはきわめて落ち着いた様子で、こっそりとエルゼに囁く。

「あなた様が民衆のために奉仕なさるとは、珍しいこともあるのですね。どういう風の吹き回しでしょうか」

「ただ精霊の力をノルティマに見せたかっただけだ」

「左様でございますか。そのまま国家のために今後も貢献していただきたいものですがね」

「気が向いたらな」

レディスとエルゼがそんな会話をする傍ら、ノルティマは聖堂の掲示板に目を奪われていた。掲示板には、街で最近起こった出来事や、政治に関する記事が掲示されている。

「やっぱり……ね」

ひとつの記事に、先日アントワール王国の戴冠式で起きた騒動についてが書かれている。エスターが王太女に即位するための重要な儀礼なのだが、民衆が押し寄せて台無しになったという。

民衆が暴動を起こした理由は、アントワール王国に雨が降らなくなったから。ノルティマが消えたのを境に、一滴の雫さえ大地に落ちなくなり、人々はエスターが次期女王にふさわしくないからこのようなことが起きたのだと結びつけたらしい。暴徒たちはもちろん全員逮捕され、厳しい処罰が下されているという。

（エスターは——礼拝をしていないんだわ）

甘やかされて育ち、忍耐力や粘り強さがないエスターなら、早々に音を上げて慰霊碑に向かわなくなるだろうと、最初から予想できていた。

記事には、ノルティマが失踪してからすぐに雨が降らなくなったと書かれており、エスターが一日かそこらで礼拝をやめたのが想像できる。あるいは、一度たりとも祈りに行っていないのかもしれない。二ヶ月雨が降っていないということは、各地で大規模な渇水が起き始めて、生活への影響も出ていることだろう。

（このままでは……無実の民たちまで苦しむことになる）

いつの間にか後ろのレディスとエルゼの会話は終わり、エルゼ以外の者たちは聖堂を出て行った。精霊術師は忙しく、やることが山ほどある。

すると、掲示板の前で立ち尽くしているノルティマに、エルゼが話しかけてきた。

「何か気になることでもあった？」

「……………」

「ノルティマ？」

「──帰らなくちゃ。アントワール王国に」

ノルティマはエルゼの方を振り返る。その表情に、迷いや葛藤はなかった。

「ずっと隠していたことがあるの。私の名前は──ノルティマ・アントワール。水の精霊国をかつて滅ぼした王家の末裔なの」

自分の素性をついにエルゼに打ち明けた。緊張で口の中は乾き、手足が小刻みに震えている。ふわふわとした心地で、自分がここに立っているという感覚さえはっきりしない。

（エルゼの顔……見られない。怒っている？　それとも呆れている？）

ノルティマは俯いたまま唇をきゅっと引き結んだ。

「ノルティマ、」

「ごめんなさい！　本当はもっと早く言うつもりだったの。でも、なかなか言い出せないまま時間だけが過ぎてしまって……。ずっと親切にしていてくれたのに、騙していてごめんなさい。あなたに嫌われたくなくて……っ」

「ノルティマ、俺の話を聞いて、」

「許してほしいなんて言わないわ。軽蔑されたならそれでいい。この大宮殿から出て行くし、二度と顔を見たくないと言うならそうするわ。どの道、私は母国に戻らなくてはならないから、あなたの目の前から消える。だから、だから――」

本当に、ごめんなさい。じわりと目に涙を滲ませながらそう伝えようとしたとき、エルゼはノルティマのことを優しく抱き寄せた。

胸の鼓動や体温が伝わってくる。子どものような姿ではあるが、その胸はたくましくて、ノルティマに安らぎを与えた。湖の中から救ってくれたときと同じ心地良さに包まれる。

「大丈夫だから、落ち着いて。ノルティマ。俺はあなたを嫌いになったりなどしない」

「……」

「知っていたよ。あなたが――アントワール王国の王太女だってこと」

「……！　う、嘘……」

「本当だ」

彼の腕の中で、目を見開く。エルゼはそのまま囁くように続けた。

「もうとうの昔に、アントワール王家を恨む気持ちは癒えている。それに、先祖の罪とあなた自身は無関係だ。あなたがどんな生まれであろうと、どんな過去があろうと、嫌いにはならない」

「………っ」

エルゼの言葉に安心して、ぼろぼろと大粒の涙を零す。

よかった、この人に嫌われなくて本当によかった、と思いながら。

彼はそんなノルティマの頬に手を添えて、きわめて優しい手つきで涙を拭う。彼の手の温もりがあまりに心地良くて、さらにノルティマの目頭を熱くさせた。ひとしきり泣いたあとで、エルゼが言う。

「あなたがリノール湖で倒れていた理由も……うすうす気づいていた。王室にあなたを追い詰めた人間がいたんだろう。だからあなたをアントワール王国へ行かせたくない。どうして戻るなんて言うの？」

「アントワール王家は精霊の呪いを受けているの。王家の純血である者が、慰霊碑に壮絶な苦痛が伴う祈りを毎日捧げなければ——国に雨が降らない。私は王太女に即位してから、欠かすことなく礼拝をしてきたわ。幼かった私には……過ぎた試練だった」

それが、長らく秘密のベールに包まれていた呪いの真実なのだと打ち明けると、エルゼはこれまでのノルティマが味わってきたであろう辛苦を想像し、眉をひそめた。

だったらなおさら行かせられないと頑ななエルゼに対して、ノルティマは首を横に振る。

「私はもう逃げるだけ逃げたわ。泣いて、悲しんで、これまでほったらかしにしてきた自分の感情に寄り添うことができた。そして気づいたの。自分の感情に寄り添いつつも、ちゃんと問題に向き合わなくちゃって」

「だが、あなたが犠牲になるやり方では、同じことを繰り返すだけだ。同じ悲劇を繰り返すつもりか？」

アントワール王家が存続する限り、この呪いに終わりはない。だが、他の政務に関しては代わりがいたとしても、礼拝だけは代わりがいない。エスターはもちろん、女王もあてにならない。

「やりたくないことから逃げれば良いというものではないわ。痛いのも苦しいのも大嫌い。でも、それで無実の人が苦しむのはもっと嫌。だから、私の意思でもう一度アントワール王国に戻るわ。今までは人に尽くすばかりだったけれど、自分勝手に生きるばかりでもだめだと気づいたの。自分のことを大切にするのと同じように、他の人も大切にしたいの」

先ほど、気の良い中年女性からもらった飴をぎゅっと握り締める。

旅の途中で出会ったソフィアにセーラ、この国で出会ったレディスや他の人たちがノルティマに親切にしてくれたように、ノルティマが知らないだけで、母国の民の中にも優しい心を持った人たちが大勢いるはずだから。不条理に苦しむのは、自分だけでもう十分だ。

するとエルゼは、困ったように眉尻を下げる。

「……あなたは優しい人だ。あなたの言う通り、自分と他人、どちらかを大切にするだけでは不調和が生まれる。偏りのない思いやりの心を持つことで、初めて物事が調和しスムーズに進んでいくものだ。だが――重要なことを忘れていないか？」

「重要なこと……？」

「誰かを頼ることだ。あなたはひとりではないのだから」

「！」

まっすぐに告げられた言葉に、鼻の奥がつんと痛くなる。

（そっか。私はもう……ひとりでなんでも抱えなくていいのね。この人になら、甘えてもいいんだ……）

彼は穏やかに微笑みながら続ける。

「今度は違う角度からこの問題に向き合ってみよう。生贄のような礼拝ではなく、違う方法で怒りを鎮められないかとかね。例えばこの――元精霊王の力を利用して」

彼は偉大な力を持つ水の精霊国の元王。彼は精霊たちと意思疎通を図り、悪霊を浄化することに長けている。

エルゼは自分の胸に手を当てながら、きまりよく言った。

「俺がその慰霊碑とやらに行って、精霊たちと直接交渉をしよう」

第五章　口付けと元精霊王

ノルティマは自分がアントワール王国の失踪した王太女であることをエルゼに打ち明けた。

帰国にあたって、レディスにも協力してもらうことになり、彼にもこれまでの事情を話すことにした。レディスの横領疑惑についてだが、不正を行っていた犯人はすぐに明らかになった。経理に関わる廷臣の男ふたりで、特にレディスに恨みがあるわけでもなく、ただ自分が罪を免れたいがためにレディスに濡れ衣を着せたらしい。

そして、シャルディア王国での短い滞在を終え、出国の日。ノルティマが向かったのは——港だった。

大きな船が停まっていて、船首にはシャルディア王国を象徴するかのような精霊の像がついていた。

波止場から船に乗る際、梯子《タラップ》の先からエルゼがこちらに手を差し伸べて言う。

「足元に気をつけて？　転ばないようにね」

「ありがとう——きゃっ」

注意されたにもかかわらず、一歩を踏み出して彼の手を取ろうとしたとき、段差につまずいてよろける。咄嗟にエルゼがノルティマの腕を引いて抱き寄せるが、ふたりしてバランスを崩してその場に倒れ込む。彼の身体の上にもたれかかるように倒れ、はっとして顔を上げると、あと少し動いたら唇と唇が触れてしまいそうな距離に彼の顔があった。

「ごめんなさい……っ！」

「いや、謝らないで」

ノルティマが赤くなった頬を隠すように顔を逸らせば、エルゼは愛おしそうにくすと微笑んだ。

「その反応、すごくかわいい」

「へっ？」

「いいや、なんでもない。ただの独り言だ」

「…………」

彼にとってはただの独り言かもしれないが、ノルティマは翻弄され、また熱が上がっていくのを感じた。

（きっとまた私のことをからかっているんだわ）

船内に用意された部屋は豪華で、品の良い調度品が揃えられている。ノルティマにエルゼ、レイスにそれぞれの個室が用意されているだけではなく、三人の共有スペースとして居間も用意されていた。

ノルティマたちは居間に集まり、今後の流れについて確認するなどした。ノルティマとエルゼはソファに向かい合って座り、レディスはエルゼの後方に立っている。

ローテーブルの上、メイドが淹れた紅茶が湯気を立て、軽食が所狭しと並んでいる。

そして、エルゼの指示でスターゲイジーパイも用意された。

「本当に魚の頭が飛び出てる……」

「ね？　嘘ではなかったでしょ？」

驚くノルティマの反応を見て、エルゼは満足気に目を細めた。

「それにしても、驚きましたよ。ノルティマ様がまさか、アントワール王家の王太女殿下だったとは。何か特別な事情を抱えていらっしゃるのだろうとは想像しておりましたが」

「隠していて申し訳ありません」

「いいえ、責めているわけではございませんよ」

レディスはこちらに一度微笑みかけてから、次は顎に手を添えて深刻な表情を浮かべる。

「そして精霊の呪いについても、驚愕いたしました。アントワール王家が代々、慰霊碑に祈りを捧げることで雨を降らせていたとは……。世に知られたらどれだけの混乱が生じるか、もはや予測もつきません」

アントワール王家に王子が生まれないのは、目に見える事実として周辺各国にもよく知られている。しかしそれは、近親婚を重ねた結果そうなったのであり、呪いの類いではない。

そして、アントワール王国の雨の恵みが王家の若い娘の祈りに懸かっているという事実は、特殊な母権制というベールによって、覆い隠されてきたのである。そしてそれは――呪いにつけ込んだ反乱分子が現れないようにするため。

この呪いは、アントワール家が国家を着実に運営していく上で、大きな弱点といえよう。すると、それまで沈黙していたエルゼが口を開いた。

「リノール湖でノルティマを助けたとき……実は、単なる怪我ではなかったんだ。あなたは怪我をしているだけではなく、おびただしい数の悪霊化した精霊たちに取り憑かれていた」

「……」

「あなたを怖がらせないように黙っていた。だが、俺がこの姿になったのは無理な浄化をしたからだ」

エルゼは、瀕死の人間を回復させることも、欠損した肉体を修復することも容易くできる。だが偉大な元精霊王をもってしても、同族の浄化だけは、あらゆる精霊術の中で最も神力を消耗する。

エルゼ自身が精霊であるため、同族を清めたり排除しようとする行為には、それだけ大きな力の跳ね返りがあるということだ。だから、精霊の浄化を行うと、本来の大人の姿を維持できなくなる。

（やっぱり私は、ただ瀕死なだけではなかったのね。ずっと慰霊碑に通っていたから、悪いものに取り憑かれていたとしても納得はできる……）

聖堂で大勢の怪我人や病人をあっという間に癒す彼を見て、どうしてノルティマの治癒には力を大きく消耗したのか疑問に思っていたが、そこでようやく納得した。

「慰霊碑には恐らく、悪霊化した精霊たちが宿っている」

「本当に、交渉するだけで彼らの怒りを鎮めることができるの？」

「さぁ。最悪、俺の力で、一体一体浄化していくしかない」

だが、浄化には膨大な神力を消耗し、力を使いすぎたらエルゼはまた、本来の姿に戻れなくなってしまうのだ。あるいはさらに段階が下がり、獣のような姿になってしまうかもしれないという。

それこそ、ノルティマが最初に彼と出会ったときのように。

「でも、力を使ったらまた元の姿に戻れなくなってしまうのでは？　昔みたいに獣の姿になってしまうかも……」

「おっしゃる通りです。そこで、私が参った次第ですよ」

レディスがため息混じりに言う。

「国王陛下が幼獣に変身しては大混乱になります。できればそのような事態は避けたいですが、万が一の尻拭いのために。――陛下、まさか異国のために本気で力を行使なさるおつもりではありませんよね？」

「アントワール王国に力を尽くしてやる義理はないが、ノルティマのためなら話は変わる」

「はぁ……。陛下の気まぐれで数ヶ月も獣などに変身されては、シャルディア王国側としては大迷惑なのですがね。もう少し国王としての自覚を持っていただきたいものです」

眉間のあたりをぐっと押す彼の仕草には、憂鬱さが漂っており、彼が主人にこれまで何度も苦労させられてきたのだろうと想像できる。

一方のエルゼは、何食わぬ様子で笑みを浮かべている。

「俺は別に、王に向いているわけでも望んでなったわけでもない。お前たちが勝手に崇め出しただけだ。シャルディア王国を俺の庇護下に置き、有事の際に力を貸す代わりに――あとは好きにさせてもらう。王になるとき、人間たちとそういう約束を交わした」

「それでも、私の苦労を少しは考えていただきたいということですよ」

また大きなため息を吐くレディスに、ノルティマは密かに同情するのであった。心配そうにふたりのやり取りを見ていると、エルゼがこちらを宥める。

「心配しないで俺に任せて。きっといい形に収めるから。この呪いには何か意味があると思うんだ」

「意味……？」

「物事は表裏一体。悪い面だけではなく良い面も持っている。呪いの問題をうまく利用すれば、あなたを王家というしがらみから本当の意味で救い出すこともできるかもしれない」

エルゼはゆっくりと、薄い唇で扇の弧を描いた。

「この帰国があなたにとって試練ではなく、祝福になるようにしてみせよう」

スターゲイジーパイは、祝い事のときに食べられる伝統料理だ。エルゼは何を考えて、この特別な料理を用意させたのだろうか。

彼が丁寧な所作でパイをひと口口に運ぶのを眺めながら、ノルティマは頭に疑問符を浮かべた。

二週間ほどかけて、一行はアントワール王国に到着した。二ヶ月以上降雨が止まったせいで大地はすっかり乾ききっており、道の脇に生えている植物も枯れていた。

そして、道行く人々の表情も暗く、街は本来の活気を失っていた。

数日後に催される新王太女のお披露目パーティーに向け、招かれた各国の王族や上位貴族の家長にその妻子が王宮に宿泊していた。

戴冠式は暴動によって中断されたが、その後王家だけでひっそりと行われた。

そして、今回のお披露目パーティーも恒例行事ではあるが、規模をかなり縮小し、厳重な警備態勢のもとに行われることになったのである。

今も絶えずアントワール王家に抗議する民衆が王宮の門へと押し寄せている。だが、王家は王朝を存続させるために、純血であるエスターを王太女にするしかなかった。

お披露目パーティーも、貴族や民衆に王家の権威を知らしめるために、贅を尽くしているとか。

(これ以上王家の面子を潰さないために、後に引けない……という感じね)

そして、王家に抗議する者たちを次々に捕らえて、見せしめのように処断していった。大規模な粛清のせいで、人々の不満はよりいっそう高まっている。

「これが例の慰霊碑か?」

「ええ、そうよ」

ノルティマたちは、王宮敷地内の精霊の慰霊碑の前に来ていた。

シャルディア王国の国王であるエルゼのもとにも王太女のお披露目パーティーの招待状が届いており、強引な手段を取らずとも王宮に入ることができた。

ノルティマは元王太女として王宮の者たちに顔が割れているため、男装して騎士を装い、ローブを上から羽織ってフードで顔を隠している。ぱっと見ではノルティマだと分からないが、エスターやヴィンスなど、関わりが深かった者は誤魔化しきれないだろう。

フードを深く被り直しつつ頷くと、エルゼは精霊の慰霊碑に手をかざして目を閉じた。

しばらくして精霊の慰霊碑の周りがぼんやりと光りだしたかと思えば、エルゼが目を開き、眉間にしわを寄せた。

「これは……ひどいな」

「悪霊化した精霊たちがいるんですか？」

「ああ。水の精霊国という拠り所を失った精霊たちがここに集まり、闇側に堕ちたようだ」

「……」

エルゼの険しい表情が、恨みによって悪霊になった仲間たちへの同情だと理解した。ひっきりなしに集まってくる精霊たちを浄化していくには途方もない神力が必要となり、今のエルゼには到底無理だという。

「精霊たちはこう言っている。アントワール王家に、国を統治する資格は――なしと」

アナスタシアの治世はあまりにも脆弱で、アントワール王家の血筋であることを除いたとしても、指導者としてふさわしくはない。彼女を取り巻くヴィンスや廷臣たちも、自分の利益ばかりを追求するような者ばかり。

（なんの言葉も出てこないわね）

するとそのとき、芝生を踏む靴音がいくつか近づいてきて、聞き覚えがある女の喚き声も聞こえてきた。

「いやっ！　礼拝なんて懲り懲りだって言ってるでしょ!?　絶対やりたくない！　離して……！」

「いいから大人しく言うことを聞いてくれ。王家の面子を守るため、なんとしてでもお披露目パーティーまでに祈りを捧げてもらうぞ！」

「面子なんて知らないわ。どうして私が痛い思いをしなくちゃいけないのよ！　離してったら……！」

「お前たち、彼女を慰霊碑まで引きずってでも連れて行け」

その声の主はエスターだった。傍にはヴィンスや数人の騎士たちがおり、抵抗するエスターを拘束し、強引にこちらに連れて来ようとしている。

（どうしよう。早くここから離れなくちゃ）

エルゼは彼らが新王太女とその婚約者だとまだ気づいていない。

「エルゼ――」

ここから逃げなくては、と伝えかけたときにはもう遅かった。エスターとヴィンスはこちらを見て大きく目を見開く。

「嘘……お姉様……生きてたの……？」

「ノルティマ……なのか？」

フードを深く被り直すが、むしろそれは肯定と捉えられた。

ヴィンスや騎士たちの意識がこちらに向いたのをいいことに、エスターは一瞬の隙をついて逃走した。よほど礼拝が嫌だったようで、久しぶりに再会した姉のことなどそっちのけだ。

他方、ヴィンスはノルティマのことをじっと見つめたまま一歩、二歩と近づいてくる。

「へぇ……遺体が見つからないと思っていたらやっぱり君、生きていたんだな。自分の務めを放棄しておいて、よくものうのうと生きていられるものだ。面の皮が随分と厚いらしい。君がいなくなってこの王宮にどれだけの混乱が起きたか分かっているのか？」

完全にこちらをノルティマと認識しているようだが、沈黙を貫く。

「顔を背けても無駄だ。元婚約者の顔を見間違えることなどない」

「………」

観念したノルティマがゆっくりと顔を向けると、やつれて目の下にクマをこしらえたヴィンスと視線がかち合った。よほど精神的に参っているのか、目に光がないように見える。

「あぁ、元気そうだな。だめじゃないか。自分の責任を放棄して逃げ出すなんて。君はこの国の王太女。国の民の利益と平和のために尽くす義務がある。さぁ、こっちへ戻ってくるんだ！」

「――そうはさせない」

すると、エルゼがノルティマのことを庇うようにして前に立った。彼の表情を見ることはできないが、その声から怒りを感じ取る。

「ノルティマが戻ったら、また奴隷のように酷使するつもりだろう？　お前たちのような自分のことしか考えていないろくでなしに彼女を渡しはしない」

「……なんだって？」

ヴィンスはエルゼのことを上から下までゆっくりと品定めでもするかのように観察し、嘲笑混じりに言う。

「ははっ、彼は君の友達か？　王宮の外に出て、ようやく友達ができてよかったではないか。だがお前、この俺を誰だと思っているんだ？　公爵家の次男であり次期王配の――ヴィンス・シュベリエだ。口の利き方には気をつけた方がいいぞ」

「……」

ずいと顔を近づけたヴィンスが、威圧的に睨みつけたものの、エルゼは一切動じない。むしろ、挑発的に口の端を持ち上げた。

「お前がノルティマの元婚約者か。これほどつまらない男とは思わなかったな。彼女には到底ふさわしくはない。この下郎が」

「……！　なんだと……!?　言わせておけば調子に乗って……！　お前たち、すぐにこの生意気な子どもを捕らえろ！」

ヴィンスは後ろに付き従えている騎士たちに命じる。騎士たちは「御意！」と頭を下げ、ぞろぞろとエルゼのことを取り囲み、拘束し始めた。

「やめて！　その人はとても高貴な――」

「ノルティマ」

危機的状況を打開すべく、彼が国賓であることを口にしかけたが、エルゼが口元に人差し指を立てて「内緒」というジェスチャーを取る。

(ヴィンス様はエルゼをただの子どもだと思っている。どうしたら、彼を解放してくれる……?)

エルゼは自分が精霊であることを隠してシャルディア王国の国王として君臨している。だから、この目の前の少年が国王だということはもちろん、詮索を促すようなことも言えない。

ノルティマは思案を巡らせ、懇願を口にした。

「ヴィンス様、お願いよ。彼を解放して。私の大切な人なの」

「だめだ。この者は王太女を誘拐するという——大逆罪を犯した被疑者として地下牢に幽閉する」

「た、大逆罪ですって!?」

ノルティマは彼の口から出てきた言葉に衝撃を受け、わなわなと打ち震える。一方のエルゼはというと、余裕を感じさせる笑みを浮かべ、鋭い金の瞳でヴィンスを射抜いていた。

大逆罪を問われれば、それだけで首が飛ぶことになる。だが、エルゼの場合は首をひとつ刎ねて済まされる問題ではなくなってしまう。異国の国王を無実の罪でひどい目に遇わせた日には、アントワール王家始まって以来の大問題に発展するだろう。

「その子は何の罪もない子どもよ。湖に倒れている私を助けてくれた恩人なの!」

だが、ヴィンスは聞く耳を持たない。彼は付き従えている騎士たちに命じた。

「罪人を地下牢に閉じ込めておけ。そして拷問にかけ——全ての罪を自白させせろ」

その罪が事実であろうとなかろうと、暴力によって認めさせるつもりなのだ。

「『御意』」

（子ども相手に、なんて卑劣な男……）

だが、騎士たちに引きずられても、エルゼはまるで抵抗しない。不良の青年たちを簡単に吹き飛ばしたように、元精霊王には強大な力があり、騎士たちの拘束を解くことなど造作もないはず。それなのに、逃げようとしないのはどうしてなのだろう。

「待って……！　エルゼを連れて行かないで、お願いよっ！」

震える喉を叱咤して、懇願を叫ぶ。

ノルティマはエルゼたちを追いかけようとしたが、残りの騎士たちがそれを制する。騎士たちに腕を拘束されながらじたばたと暴れるノルティマに対して、ヴィンスが高圧的に言った。

「王太女が立場を放棄し失踪……挙句の果てに、湖に身投げしたと知られれば醜聞に繋がる。王家の権威も地に落ちることだろう。だから――誘拐されたことにするんだ」

「エルゼに濡れ衣を着せようと言うの……？」

「何、君が俺の言う通りにするなら殺しはしない」

自分は脅迫されているのだと理解し、ごくんと喉を鳴らす。だが、エルゼを守るためには、彼の言うことを聞くしかない。

「……私は、何をすればいいの？」

「王太女としての役目を全うする、ただそれだけだ。――今までのようにな」

「………」

　今までの生活に戻ることを、考えただけでもぞっとする。だが、選択の余地のないノルティマは、小さく頷き「分かった」と答えた。

「さぁ。散々君の尻拭いをしてやった俺に、今ここで誠意を示せ。君のやるべきことは分かっているだろう？」

　この国を渇水から救うためには、雨を降らす必要がある。元々そのために帰国してきたのだ。だが、アントワール王家の体裁のことしか考えていないこの人の命令に従って祈りを捧げるのは不本意だった。そのとき、セーラに教えてもらった嫌いな人への対処法を思い出す。

『貴重なご意見ありがとうございます！　って笑顔で言って、心の中ではチェストの角で足の小指をぶつけますように！　って願ってる。ノルティマももっと怒っていいと思うよ！　やられっぱなしじゃだめよ！』

　ノルティマはゆっくりと慰霊碑の前まで歩き、膝を芝生の上につく。そして、ちらりとヴィンスのことを見上げて、笑顔でとても丁寧にお礼を言った。

「――前から思っていたのだけれど、あなたって……口の利き方は最悪だし知性も品もまるでないわよね。おかげで反面教師として学ぶことができたわ。ありがとう」

「なっ……!?」

　上から目線で命令されると、無性に腹が立つ。今までは婚約者だからと、王太女を軽視するような態度にも目を瞑ってきたが、自分の心を無視して我慢するのはもうやめたのだ。

（明日、この人の頭の上に鳥の糞が落ちますように）

ノルティマからのまさかの言葉に、ヴィンスは鳩が豆鉄砲を食ったような顔をし、はくはくと口を動かす。

そんな彼の反応は無視して、目を閉じた。

「……精霊さんたち。長らく礼拝を捧げられず申し訳ありません」

そうしてふた月ぶりに、王家直系の娘による礼拝が精霊の慰霊碑に捧げられたのである。

翌日はアントワール王国全域に大雨が降り、失踪した王太女の帰還を国中の人々が祝福したのだった。


エルゼが大罪人として地下牢に収容されてから数日。ノルティマは休みを取ることも許されず、執務室に閉じ込められて、溜まりに溜まった政務をこなしていた。

（エルゼはどうしているのかしら……。ちゃんと食事や水を与えられているの？　痛いことをされてはいない？）

ノルティマは馬車馬のように酷使されていても、自分のことはどうでもよく、エルゼのことばかりを気にしていた。

翌日に予定されていた新王太女のお披露目のパーティーは中止となり、代わりに、帰ってきた王太女ノルティマを歓迎するパーティーが行われることになった。女王になりたがっていたエスターは反発しているらしいが、礼拝を拒む上、怠け者の彼女に次期女王の資質はないと、女王アナスタシアは判断したらしい。

執務室には扉にも窓にも外鍵がかけられていて、逃げることはできない。エルゼが人質に取られている限り、ノルティマはここでヴィンスの言いなりになるしかないのだ。だが、ノルティマにそのような気は毛頭なかった。大人しく従うふりをして、この部屋を脱出する手立てはないかと思案をめぐらせている。

（一刻も早く、エルゼを助け出さなくては。あるいは……エルゼが元の姿に戻りさえすれば……）

少年の姿のままでは、シャルディア王国の王リュシアン・エルゼ・レイナードであることを証明できない。だが、元の姿に戻れたら、地下牢から出ることができる。罪人の少年は脱走したことにでもしておけば良いだろう。

ノルティマは椅子を持ち上げて、扉に向かって思い切り叩きつける。激しい音を立てて椅子が壊れて、重厚な扉には小さな傷がついただけだった。

「だめね……。何か他の方法を考えなくては」

ため息混じりに前髪を掻き上げたあと、額を押さえる。

俯きがちに、無惨に壊れた椅子の残骸を見下ろしながら、エルゼを助け出すための思案に暮れていたそのとき、後ろからコンコンと何かを叩く音が聞こえた。

背後の重厚なカーテンをそっと開くと、窓の向こうにレディスが立っていた。

「レディス先生……!?」

「そこから離れていてください」

「わ、分かりました」

　ガラス越しにそう促され、数歩下がれば、レディスが窓に向けて手をかざす。

　――パリン。強い風がどこからともなく吹き付けて、窓ガラスが割れた。星明かりを反射したガラス片がパラパラと舞い落ちる様に息を呑む。彼は精霊術を使ったのだ。

「どうしてここがお分かりに？」

「あなたを探していたところ、大きな音がして近づいてみたら、カーテンの隙間からお姿が見えた次第です」

「そう……ですか。それよりレディス先生、エルゼが罪人として連れ去られて……」

「ええ、分かっております。それについてお話しするために、探しに参りました。シャルディア王国の王が大人ではなく、子どもの姿になっていることを知られるわけにはいきません。あの聡い方なら切り抜ける手段をいくらでも思いついたはずなのに、大人しく捕まるなんて一体何を考えていらっしゃるのか……。一刻も早く、助け出さなくては。ですが、陛下が今どこにいらっしゃるのか分からず……」

「――地下牢に収容されているはずです。すぐに私がご案内いたしましょう」

　ノルティマが割れた窓の枠に片足をかけて飛ぶと、彼が身体を抱き止めてくれた。

　執務室から庭への脱出に成功したノルティマは、レディスが着ていたローブを借りて身を隠すのだった。

地下に繋がる階段を下りながら、ノルティマはレディスに言った。

「この国に精霊はいないのに、先程どうして精霊術を使えたんですか？」

「私にはシャルディア王国の精霊の加護があるので、国を離れても多少は力を行使できるんです」

「なるほど。それから……エルゼを大人の姿に戻す方法はないのですか？　少年の姿のまま外に連れ出せば、脱走したとしてまた捕まるかもしれません」

「枯渇した神力が回復しなければ、元に戻ることはできません。恐らく必要な神力はあと少しだと思うのですが……。ノルティマ様は、神力の供給方法をご存じですか？」

彼に問いかけられて、ノルティマはぴくりと眉を上げ、その場に立ち止まる。ほのかに頬を染めながら、小さく頷いた。

「……はい」

「神力の供給を行えば、大人の姿に戻れるかもしれません。方法が方法ですので陛下はなかなかその手段を取ろうとなさいませんでしたが、ノルティマ様であれば……可能かと」

「……分かりました」

エルゼがノルティマの精霊術師の才能を見抜いたことから、ノルティマも多少なりとも神力を有していることが分かる。それに、アントワール王家の初代王は膨大な神力を有していたと言われており、その血を引く者たちも同じような精霊術師としての素質を受け継いできたそうだ。

だが、その譲渡の方法には少々……問題がある。

（粘膜同士の接触……）

シャルディア王国の子どもたちに絵本を読み聞かせてやったときにも、神力の供給がロマンチックに描かれていた。ノルティマが湖に落ちたとき、エルゼは息吹を吹き込むのと同時に神力も注いでくれた。ノルティマはおもむろに指を伸ばして、ふっくらとした血色の良い唇に触れる。

そうこうしているうちに地下に着き、衛兵が牢に続く分厚い扉を見張っているのが見えた。

「お前たちは誰だっ！」

衛兵ふたりが剣を引き抜いてこちらに向けた瞬間、レディスが「下がっていてください」と指示した。ノルティマが彼の背に隠れると、彼は窓を割ったときと同じように手をかざす。

「──っがは」

「ぐふ……っ」

レディスが精霊術で起こした風により、ふたりは吹き飛ばされ、壁に打ち付けられて昏倒する。レディスは衛兵の懐を探って鍵を見つけ、それをこちらに投げ渡した。

「恐らくこの扉の鍵でしょう。私が外を見張っておりますので──陛下の元へ」

「分かりました」

鍵を受け取り、頷く。そして重厚な扉の鍵穴に鍵を差し込んだ。

地下牢の中は薄暗く湿気があった。石造りの床と壁が広がる、無機質で寂しげな空間。わずかな蝋燭の明かりだけが頼りだ。

扉の外には衛兵がいたが、幸運にも中には人の気配がない。

地下は牢屋としてだけではなく、貯水池としても使用されている。床に大きな穴が四角に掘ってあり、水が溜まっている。生活のために使われるものだが、そこにひとりの少年が浸かっていた。

亜麻色の髪を見て、すぐにエルゼだと理解する。彼は両腕を上げた状態で、手首を天井から垂れ下がる鎖で繋がれたまま俯いていた。

ノルティマが石の床を踏み歩く音に気づき、彼は顔を上げる。絹のような髪は乱れてべったりと肌に貼り付き、あちこちに切り傷や痣ができている。

拷問を受けて全身傷だらけなのに、彼はあっけらかんと微笑んだ。

「――ノルティマ」

「エルゼ……！」

ノルティマは一切のためらいもなく貯水池に足を踏み入れ、エルゼの元へと駆け寄っていく。

水の深さはノルティマの腰くらいあった。

(すごく冷たい……。こんなところに何日も浸かっていたなんて……)

身体の芯まで凍えるような冷たさに、身を震わせる。

貯水池の中央に浸かったエルゼは、ノルティマの姿を見て身じろいだ。鎖が擦れるカチリ……という音が辺りに響く。

血で汚れた頬に手を伸ばして、その冷たさに眉をひそめた。健康的だった顔色は青みを帯びており、唇は紫になっているし、端には血が滲んでいて。それに、冷たい水に半身を長く浸けていたため、肌が冷えきっているのが感じられる。

「ああ、かわいそうなエルゼ……。なんてことなの……」

「心配しないで。俺は平気だ。それよりノルティマ、少しやつれているな。ちゃんと食べてる？」

「私のことはいいの。ヴィンス様はなんてひどい人間なの？　許せないわ……。私が言う通りにしたら、エルゼには手を出さないと言ったくせに……」

彼の残虐さに、思わず憤りの言葉を口にする。

ノルティマは、エルゼの頬に手を添えたままゆっくりと顔を近づける。ノルティマの顔が間近に迫り、彼は目を見開いた。

「うまくできるかは分からないけれど、今から私の神力を――あなたに譲渡するわ。私の神力がどれだけ役に立つか分からないけれど」

「ノルティマ、何を――」

エルゼの言葉を遮るように、自身の唇を彼の唇に重ねる。――湖の中で、彼がそうしてくれたように。

呼吸ごと飲み込むように唇を押し当て、神力を送ろうと強く念じる。エルゼからは、困惑とともに鼻からくぐもった息が漏れた。

（お願い、どうか元の姿に戻って……）

神力の供給方法は、粘膜同士の接触。

絵本でそれを見たときは、恥ずかしくて自分にはとてもできないと思ったものだが、それで彼を本来の姿に戻せるというのならやぶさかではない。

唇に触れる肌とは違う感触に、心臓が早鐘を打つように加速していき、頭の先までのぼせ上がるような心地になる。次第にくらくらと目眩がしてきて、立っているのがやっとだった。

するすると、辺りが光り始め、ノルティマはその眩しさに思わず目をぎゅっと閉じた。エルゼは名残惜しそうにゆっくりと唇を離して、甘ったるい声で囁く。

「ノルティマ。もう充分神力はもらったよ、目を開けてごらん」

瞼をそっと持ち上げ、はっと息を呑む。

「……！」

ノルティマの目の前には、これまでの人生で見たことがないほどとりわけ美しい——成人した男の姿があった。

彫刻のような輪郭に、完璧なまでに整ったパーツがバランスよく配置されている。凜とした眉、切れ長の瞳、筋の通った鼻梁、薄い唇……。

まるで、絵画の中から飛び出してきたような、精巧で妖艶な男は、エルゼの本来の姿だと気づく。

瞳の色と、長い髪の色は、少年のエルゼと同じだ。そして、不敵に口角を持ち上げた掴みどころのない表情も、少年だったころと何も変わらない。

「エルゼ……なの？」

「ああ、そうだよ」

彼が呪文を詠唱すると、貯水池の水が宙に浮き、エルゼの両腕を拘束する鎖に絡みついて凍って

いく。そして、鎖はばきばきと音を立てながら砕け、エルゼのたくましい腕を自由にした。

「ひどい目に遭わせてごめんなさい。謝っても謝りきれないわ。他国の王族を拷問にかけるなんて……国際問題よ」

「別に、アントワール王国の支配に興味はない。だがこれで、あなたを自由にするための口実ができた」

「それはどういう――きゃあっ」

その言葉の真意を聞くよりも先に、軽々と横抱きにされるノルティマ。びっくりして彼の腕の中でじたばたと暴れる。

「お、下ろしてエルゼ。私、重いから……っ」

「羽みたいに軽いよ。これ以上身体を冷やしてほしくない。だから俺に身を委ねていて」

「でも……」

「助けてもらうばかりでは忍びないんだ。あなたを運ぶことを俺に許して？」

あどけない少年のようにおねだりをしてくる彼。ノルティマは彼の懇願にめっぽう弱い。少年のときはただかわいいだけだったが、大人の姿になるとそこに色気が同居する。

頑なな意思を感じ取って、ノルティマは大人しくすることにした。

大人の姿のエルゼは筋肉がしっかりとついていて、ノルティマを抱え上げるのも余裕だ。彼はそのまま歩いて貯水池から上がり、ゆっくりと床にノルティマを下ろした。彼の肌に水に濡れた白いシャツがべったりと貼り付き、透けた生地が鍛え抜かれた筋肉を浮かび上がらせている。

（どうしよう。目のやり場に困る……）

ノルティマの目にはあまりにも刺激的な肉体美だった。どこに視線を置いたらいいか分からなくなり、いたたまれなさから目をあちこちに泳がせる。

「すまない。俺のせいで濡れてしまった」

エルゼは自分の濡れた長い髪を絞り、こちらを見下ろしながら、申し訳なさそうに詫びる。

これまでは見下ろす側だったのに、今ではすっかり視線が逆転して、ノルティマが彼を見上げる側となった。

見慣れない美しい男を前に、ノルティマはどぎまぎして目が合わせられなくなる。

「気にしなくていいわ」

「どうして目を逸らすの？」

「それは……」

「もしかして、この見た目が気に入らなかった？」

違う、むしろその逆だ。背中を丸めてこちらの顔を覗き込むようにして、意地悪に口の端を持ち上げる彼。きっとノルティマが照れていることなど分かり切って聞いているのだろう。少年だったころと同じで、ノルティマをからかうのが楽しいらしい。

「気に入るとか気に入らないとか、そういう問題ではないでしょう。それよりこれからどうするの？　このまま国を出る？」

「いいや、例のパーティーにこのまま参加し、アントワール王家を――断罪する」

「……！」

「長らく続いた精霊の敵である王朝に、終止符を打つ」

「……精霊たちにひどい仕打ちをした王家に責任があるわ。あなたがそうしたいのなら私は止めない。やりたいようにやればいいと思う」

「ああ、そうさせてもらう。それから、ノルティマ」

名を呼ばれて顔を上げると、真剣な表情をしたエルゼが視線を絡めてくる。

「物事は表裏一体だ。全てに良い面も悪い面も、同じくらいの大きさで存在する。……呪いも、裏を返せば祝福になる」

「祝福……？」

エルゼはにこりと微笑んで言った。

「アントワール王家の呪いは、新たな王朝の幕開けへの祝福になるということだ。そして、あなたは——自由を手にする。ノルティマ、アントワール家の問題にここで、けりをつけよう」

「……？」

「あなたを追い詰めた王家に——決して容赦はしない。俺を拷問にかけた事実も、都合よく利用させてもらうとしよう」

もしアントワール王家が終焉を迎えれば、新しい王が生まれる。そして、王女だけではなく王子も生まれるようになり、この国に再び父権制の王権が誕生するかもしれない。

（自由を手に……）

そしてノルティマは、次期女王というしがらみから解放される――。

「まさか、王家への交渉のためにわざと捕まったの……？」

「――さぁ、内緒」

人間離れした美貌を持つ元精霊王は、不敵な笑みを浮かべる。

そして、アントワール王家の治世が終われば、精霊たちが住まう国になっていくのかもしれない。


ノルティマが地下牢から出ると、廊下にある男が立っていた。

「こんなところで何をしている？」

「お父、様……」

父のリューリフは、無表情にこちらを見据えて尋ねた。

ノルティマと同じ銀色の髪をした彼は、彼女の親とは思えないほどに若々しく美しい。しかし面立ちはどこか、ノルティマに似ている。

彼は長らく王配を務めており、ヴィンスやアナスタシアとは違って、ノルティマに仕事を押し付けることはなかったが、家族にとことん無関心だった。王宮でノルティマが辛い仕打ちを受けていると知った上で、助けようともせず、慰めや励ましの言葉をかけることもなかった。いつも知らんぷりをして、何を考えているのか分からない男だった。

同じ血が流れる実の父親ではあるが、ノルティマも彼に対する愛情はない。ただ、父親という名前がついただけの他人のような感じ。もともとリューリフにとって、アナスタシアと結婚することは本意でなかったらしいし、結婚後もアナスタシアを愛することはなかった。

ノルティマから見た彼は、なんに対しても関心がなく、どこか諦めた表情で、毎日を淡々と生きているように映った。

「執務をしていると聞いたが」

執務室から抜け出して罪人に会っていたとは言い出せず、視線をさまよわせる。ノルティマが牢を訪れた痕跡は消したし、エルゼはもう一度鎖で繋いできた。ここで父に、詮索をされたくない。余計な疑いを立てられれば、またエルゼが痛い思いをさせられてしまうかもしれないから。

「……なんだっていいでしょう。心配せずとも、すぐに仕事に戻るので」

「例の少年に会ってきたんだろう。脱走でも企んでいるのか？」

「ち、違います！」

図星を突かれて、どきっと心臓が跳ねる。冷や汗を滲ませていると、彼はノルティマの焦りを見透かしたように付け加えた。

「そう警戒するな。告げ口する気はない。少し話せるか？　お前に——話しておきたいことがある」

「……構い、ませんけど」

これまで、父から話があると持ちかけられたことがなかったノルティマは不思議に思って、小首を傾げた。

リューリフに連れて来られたのは、王宮の敷地内にある聖堂だった。聖堂といっても、精霊信仰が廃れてからは完全に封鎖され、現在は使われていない。この場所は代々、王配が管理をすることになっており、ノルティマは一度も足を踏み入れたことがない。

彼は懐から取り出した鍵で、重厚な扉を開けた。

「入れ」

「あの、ですがこの場所、私も入ってよろしいのですか？」

「構わん」

父に促され、恐る恐る足を踏み入れると、内部は掃除が行き届き、荘厳な雰囲気に包まれていた。大理石の床が広がり、そこから石造りの白い柱が何本も伸びている。天井は緻密なアーチ型で、華やかであった。

通廊を進んでいく途中で、父は手に持ったランプをこちらにかざし、おもむろに言った。

「随分と顔色が悪いようだが、寝不足か？」

「……はい。ヴィンス様や女王陛下に政務を押し付けられているので」

「全く。懲りん連中だな」

同情でもしているのだろうか。しかし、ノルティマの負担を分かっていながら傍観しかしてこなかったリューリフも、ヴィンスたちと大差はない。

リューリフの後ろを付いて行き、たどり着いた奥の部屋に、墓がいくつも並んでいた。壁には、神秘的な絵とノルティマが知らない古い文字が書かれており、目を奪われるほど神秘的だった。リユーリフはとある墓の前に立つ。

「これは……？」

「――水の精霊国を滅ぼした、愚かな王フリストフォルの墓だ」

ノルティマが墓を眺めていると、リューリフはこちらを振り返って言った。ノルティマがその名前を聞くのは初めてだった。フリストフォルの名前は、王名が刻まれた石碑から削り取られていたのだろう。水の精霊国を滅ぼした彼は、臣下か、新王か、それを恨んだ誰かによって歴史から存在を消されたのだ。

「現在、アントワール王国では、精霊術、精霊に関するあらゆる書物や言論、そして精霊信仰そのものが禁じられている。それがなぜか、分かるか？」

「アントワール王家が精霊の呪いを受けている事実を――隠蔽するため、でしょう」

「その通りだ。精霊の呪いは、アントワール王家の弱点。それを知られれば、誰かが王権を奪おうとしのぎを削るやもしれん」

初代アントワール王は偉大な精霊術師で、人間と精霊が共存する豊かな国を築こうと願って、アントワール王国を建国した。だが、その願いとは裏腹に、アントワール王家は次第に精霊の存在を否定し、なかったことにしたのだ。この国の人々は、精霊がいたころのことなどすっかり忘れてしまっている。

「アントワール王家の過ちは、女王と王配だけが語り継いできた。お前にも何度か話したが、ここに連れてくるのは初めてだな。かつて……フリストフォルは、精霊の力を手に入れようと企んだ」

リューリフは壁画を指さした。壁画は物語のように描かれていて、フリストフォルが底意地の悪そうな表情で、リノール湖の精霊たちを支配しようとしている様子が分かった。

フリストフォルは当時の水の精霊国の王に、いくつかの精霊たちに契約の術を結ばせてほしい、と依頼した。しかし、精霊王はその依頼を拒んだ。契約の術とは、人間と精霊の間に主従関係を結ぶもので、一度支配された精霊は主人の命令に逆らえず、力を搾取され続ける。精霊たちを苦しめる術を、精霊王が受け入れるはずもなかった。

横暴なフリストフォルは報復として、リノール湖を埋めてしまう。住処を失った精霊たちは悪霊化し、王家に呪いをかけた。

そして、王家の非道な行いに、精霊王もまた怒った。壁画の物語の先を目で追うと、精霊王がリノール湖の畔で、フリストフォルに剣先を向けている場面が描かれている。

「だが、精霊王の情けによって、愚王は――生かされた。そのおかげで今、私たちは生きているということだ」

最後の精霊王の姿は、ノルティマが先ほど地下牢で会った美しい男性とそっくりだった。

（エルゼ……）

ノルティマはきゅっと唇を引き結ぶ。エルゼの温情によって、今自分はここに立っているのだ。

「その後のアントワール王家の治世は、お前が知る通りだ。アントワール王家は自分たちの権力を維持するために、精霊の力を完全に放棄する道を選んだ。他国は精霊の力を借りて発展をしているが、我が国の国力は衰退するばかり。精霊と共存しない国に未来はない。精霊たちに見放されたアントワール王家に、誰かが終止符を打たなくてはならない」

「お父様はずっと、王家は滅びるべきだと……お考えだったのですね」

「どっちみち、そう長くは持たないだろう。あの戴冠式の事件も、王家が散々民衆を抑圧してきた結果だ」

「…………」

アントワール王家がこの国を統治する限り、雨が降らなくなる不安に苛まれ続けなくてはならないし、精霊たちは民衆に力を貸してはくれない。

「このままお前は、王宮で生きていくのか?」

「そ、れは……」

ノルティマの表情に影が射す。

「物分かりがいい人間でいる必要はない。ずるくたっていい。お前の人生なのだから、自分の心に従え」

父の思わぬ言葉に、眉を上げる。まるで、王宮に留まる必要がないと言っているようで。

「それは、ご自分がそうできなかったからですか?」

彼が気まずそうな顔をしたのを肯定の意と捉える。

帰りは、リューリフと並んで歩いた。ふたりの間に会話はなく、長い通廊に互いの靴音だけが響く。ちらりと横を歩く父親を盗み見れば、その首から古びた鹿革紐のペンダントがぶら下がっている。星のような美しい装飾は恐らく、旅の途中でノルティマが出会ったソフィアと対になっているものだ。

いやしかし、ソフィアは一体この人のどこに惚れたのか、はなはだ疑問である。ノルティマは沈黙を破って言った。

「愛していた人がいたのでしょう？」

「どうして、それを……」

「王宮では有名な話なので」

リューリフは、とある公爵家の次男だった。本来なら長男が王配になる予定だったが、彼は婿入り前に急死した。リューリフは亡くなった兄の代わりにアナスタシアと結婚したが、当時は恋人がいた。

「もう昔のことだ」

「どんな方だったんです？」

「気が強くて世話焼きで……うるさい女だった」

まるで悪口のようだが、彼女のことを語る声音は優しい。ノルティマはその場に立ち止まり、リューリフを見据えた。

「旅の途中で私……その女性に会いました。その方の名前は――ソフィア・グレーテさん？」

「……！　あいつは、どこにいた!?　何をしていた!?」

隣からはっと息を呑む気配がしたかと思えば、父は血相を変えてノルティマの両肩を摑んだ。ノルティマの頭に、ソフィアがいつも身につけていた半分に割れたような星の形のペンダントが思い浮かぶ。

「確かに世話焼きで……お人好しな方でした。なんの偶然でしょうね。たまたま立ち寄った場所で、ソフィアさんにとても親切にしていただいたんです。孤児になった親友の子どもを引き取って、ご実家の宿屋を継いでいらっしゃいました。まだそのペンダントの片割れ……着けていらっしゃいましたよ」

「………そうか」

リューリフはそれ以上何も言わなかった。

（家族にはちっとも関心を持たなかったのに、こんな一面があったとはね）

聖堂の外に出てから、彼は鍵を閉めた。そして、執務室に戻ろうとするノルティマにこう言った。

「その……今更父親面する気はないが、達者にやれよ。お前は私と違ってしっかりしてるから、まぁなんとかやっていくんだろうが」

「お父様に言われずとも、それなりに生きていくのでご心配なく。お父様がどう生きようと知ったことではないけれど、一度くらい、会いに行って差し上げて。ソフィアさん、ずっと待っておられますよ」

「だが、私には王配という立場が……」

まともに王配として役に立ってきたわけでもないのに、彼が責任感のようなものを持ち合わせていたことが意外だ。……と思ったが、出かかった言葉は舌先で留める。

「王家はもうすぐ――終焉を迎えます。自由になったら、離婚でもなんでも好きにしたらいいのでは？　ずるくたっていいです。お父様の人生なのだから、自分の心に従ってください」

先ほど父にかけてもらったのと同じ言葉を返すと、彼は瞳の奥を揺らした、

「ノルティマ、お前一体、何を考えて――」

「ああでも、最低限の務めは果たしてくださいね。私はもう、他人のために自分を犠牲にするのはごめんなので」

別に、父のためにこんなことを言ったのではない。親切にしてくれたソフィアを想ってのことだ。そう自分に言い聞かせていると、リューリフは「分かった」と苦笑を零してから、今度は気まずそうに、「これまで、すまなかった」と言った。

父から謝られるのは初めてのことで、ノルティマは目を大きく見開く。ノルティマが王宮で蔑ろにされていることを分かっていながら放置してきたことに、多少なりとも罪悪感を抱いていたのだろう。

「今更もう遅いですよ」

リューリフもまた自分と同じように、運命に翻弄されながら生きてきた男だった。

これまで、父と面と向かって話すことがほとんどなく、こうして本音を話せたのは初めてかもしれない。彼の境遇には同情の余地があるが、だからといってノルティマを放ったらかしにしてきた過去は変わらない。ノルティマは小さく微笑み、踵を返した。けれどその背中には、どこか清々しさが漂っていた。

翌日。王宮の広間で王太女ノルティマの帰還を祝う盛大なパーティーが催された。

大理石の床は塵ひとつなく磨き抜かれ、頭上のシャンデリアは夜の空に浮かぶ星々のごとく繊細な輝きを放っている。アントワール家の権威を人々に知らしめるかのように、潤沢な財産が惜しみなく装飾に注がれていた。

そして、広間の中で最も注目を集めていたのはもちろん——ノルティマだった。人々より一段高いところに、女王アナスタシアと並んで立つ。

この場にはヴィンスとリューリフの姿もあるが、リューリフはさながら置物のように、アナスタシアの後方で傍観している。彼は常に女王の影のように付き従っており、存在感がない。

エスターはノルティマの晴れ舞台を見たくないという理由で、自室に引きこもっているとか。

「早く皆様にご挨拶申し上げなさい」

「……かしこまり、ました」

ノルティマの耳元でアナスタシアがそう囁く。ノルティマが帰ってきてから彼女は、これまで蔑ろにして申し訳なかったと口では言いつつも、なんだかんだと理由をつけては仕事を押し付けてきた。ノルティマに負担をかけてきたことに、多少の反省や自責の念はあるらしいが、自分が楽をして遊んでいたいという本質的な部分は、ちっとも変わっていないようだ。

一歩前に踏み出して、優美なカーテシーを披露する。ゆっくりと顔を上げ、こちらを見ている人々を一瞥して思った。

（もう……周りの人たちの言うことを聞いて大人しくしているのは嫌。自分の感情にもちゃんと寄り添ってあげたい。もう二度と――心が壊れてしまわないように。だから逆らってやるわ。誰かを犠牲にしなくては成り立たないような脆弱な王政はどの道、いずれ滅んでいたでしょう。それが少し……早まるだけ）

にこりと穏やかに微笑みながら、ノルティマは言う。

「この度は、私の不在でお騒がせしてしまい、申し訳ございませんでした。ただいま戻りました」

形式通りの挨拶を口にしたあと、反対隣に立っていたヴィンスがぱんっと手を叩き、声高らかに宣言する。

「本日は皆様に、次期女王失踪の真相について、ご説明させていただきたい。――さぁお前たち、罪人をここに！」

広間の扉が騎士たちによって開け放たれ、それと同時に少年の姿のエルゼが連れ込まれる。

全身傷だらけで薄汚れ、手錠で拘束されたみすぼらしい少年の姿に、広間にいる人々はざわめいた。怪訝そうな顔をしながら、ひそひそと噂話を始める。

「何、あの子ども……汚くてみっともないわ」

「きっと不法侵入した卑しい孤児なのよ」

その場にいる誰もが、その少年が大国シャルディアの国王であり、数百年を生きる元精霊王だとは夢にも思わないだろう。

騎士たちはエルゼを広間の中央に跪かせた。

神力が回復したエルゼは、大人の姿と子どもの姿、どちらにも自由に変身できる。つまり彼は今――自らの意思で罪人として捕らえられた子どもの姿をとっているということ。地下牢でノルティマと再会したとき、エルゼは脱出せずにあの貯水池に留まった。

「この少年は、あろうことかリノール湖で乗馬中のノルティマ王太女殿下をそそのかして誘拐し、アントワール王国に大混乱を招いた大罪人。その罪の重さを理解しているのか!?」

「……」

「その沈黙は、肯定の意と取らせてもらう。よって、少年エルゼに――処刑を命じる!」

ヴィンスの声が広間全体に響き渡り、人々はしん……と静まり返った。すると――

「ふっ……ははは……っ」

そのときエルゼが、肩を震わせながら笑い出した。死刑を宣告されているのに笑う少年の姿に、ヴィンスは困惑して一歩後退する。

「な、何がおかしい?　気でもおかしくなったか?」

「おかしいのはお前たちの方だ。こんな子どもに誘拐なんてできるわけがないだろう。事実だったとしたら、咎められるべきは手薄すぎる警備体制じゃないか?　それに……一体誰に対して、処刑だって?」

エルゼが小さく何かの呪文を唱えれば、彼を拘束していた騎士たちは突然、どこからともなく発生した水流によって吹き飛び、壁に叩きつけられる。

水は生き物のようにうごめきながらエルゼの鎖に絡みついて凍り、鎖を粉々に破壊していく。

「その力は……一体……」

驚愕するヴィンスをよそに、ゆっくりと立ち上がるエルゼ。立った瞬間に眩い光が彼を包み、あっという間に大人の姿へ変えていく。拷問によってできた傷も、精霊術でまたたく間に治癒された。

「——精霊術を目にするのは初めてか？」

エルゼは長く伸びた艶やかな髪を、額から後ろに搔き上げる。ふわりとはためく髪やその妖艶な仕草に、女性たちはうっとりと目を細め、色めきたつ。

人間離れした美貌を持つエルゼは、後光が差したかのような圧倒的な神々しさと存在感を放っていた。

「ま、まさかそなたは……精霊か？」

女王アナスタシアの問いに、エルゼは淡々と答える。

「ご名答」

エルゼが自身の正体を精霊だと認めた瞬間、辺りは再びどよめく。ざわめきが空気を揺らして、ノルティマの肌まで伝わってきた。

五百年前に王家が水の精霊国を滅ぼしてから、アントワール王国には精霊がいなくなってしまったはずだった。人の形を成せるほどの偉大な精霊が目の前に現れたことに、人々は困惑を隠せずにいる。

「待て……。あのお姿は、シャルディア王国の国王陛下じゃないか……!?」

「う、嘘……シャルディア国王は、人ではなかったということ……?」

貴族の中には、シャルディア王国の国王を見たことがある者もいた。元精霊王とシャルディア王国の国王が結びついたことで、驚愕に驚愕が重なっていく。

彼はアナスタシアのことを冷めた目で見据えて言った。

「あなたがアントワール王家――最後の女王か。しかとその顔、覚えておこう」

「最後……ですって?」

エルゼはアナスタシアの問いかけを無視して、ヴィンスのもとにつかつかと歩み寄った。圧倒的な力を目の当たりにした彼はすっかり萎縮しており、後ずさっていく。

「ひっ……」

だがエルゼはそんな彼を逃さず、片手で顎を摑んで、身体ごと軽々と持ち上げた。

「ぁがっ……離せ――」

「なんと浅ましい男か。王太女の失踪理由によって醜聞が広がることを恐れ、無実の少年に全ての罪を着せるとは。それがアントワール王家のやり方か？　昔から卑怯で汚いところは何も変わっていない」

「く、苦しい……、息が……っ」

「お前たちのせいで、ノルティマがどれだけ苦しんできたか分からないのか？　なぜひとりの女性に敬意を払うことができない？　なおも彼女を酷使し、また同じことを繰り返す気か……!?」

「う……ぐ、……頼む……離して、くれ……」

　ヴィンスはエルゼに片手で持ち上げられたまま、ばたばたと足を動かしている。その腕からどうにか解放されようと、エルゼの節くれだった手に爪を食い込ませた。手に血が滲み、腕を伝ってぽたぽたと床に落ちていくが、エルゼは痛みなど全くお構いなしの様子で。

　彼は眉間に縦じわを刻み、怒りをむき出しにしている。突然の流血沙汰に、どこかから女性の悲鳴が漏れ聞こえた。

（だめ……このままではヴィンス様を殺してしまう……）

　手の力がどんどん強まっていき、ヴィンスの顔が青くなっているのを見て、ノルティマはとうとう止めに入った。

　エルゼの腰にぎゅっと後ろから抱きついて、諭すように告げる。

「――その人が死んでしまうわ。離して差し上げて」

「この男はあなたをあの冷たい湖に追い詰めた。その罪を償わせてやる」

「私は平気よ。もういいの、だから落ち着いて」

「…………」

　怒りで興奮しているのか、触れ合う肌が小刻みに震えていた。けれどノルティマが抱き締めたことで、彼の身体からゆっくりと力が抜けていく。

「……あなたがそう言うのなら」

　ノルティマの説得で冷静さを取り戻したエルゼは、乱暴に手を離す。

床に崩れ落ちたヴィンスは、激しく咳き込みながらこちらを見上げた。

「げほっ、ごほごほ……っ。ありがとう、俺のことを助けてくれたんだな」

「勘違いしないで。このお方の手を汚したくなかっただけ」

元婚約者からの感謝の言葉を冷たく撥ね除ける。

そして、ノルティマはエルゼに対して、深々と頭を下げた。

「我が一族のこれまでの非礼の数々、アントワール家を代表して心よりお詫び申し上げます。シャルディア王国が国王陛下——リュシアン・エルゼ・レイナード様」

「あなたが詫びることなど何もない。顔を上げて、ノルティマ」

「寛大なご厚意、ありがたく受け取らせていただきます」

エルゼがシャルディア王国の国王だと明かされた刹那、広間の観衆の中に紛れていたレディスと、シャルディア王国から連れてきた騎士たちが、エルゼの後ろに恭しく並んだ。

困惑する人々に対して、ノルティマは玲瓏とした声で言った。

「これより私から、失踪に関する全ての真相をご説明いたします。……恥を忍んで、正直に。私は誰かに誘拐されたのではなく、自身の意思で王宮を去りました。王宮の暮らしに耐えられなくなり——リノール湖に崖から身を投げたのです」

「「……！」」

人々のどよめきを四方から受けながら、ノルティマは淡々と続ける。

「私は長きに渡り、政務のほとんどを女王陛下や婚約者から押し付けられ、心身ともに疲れ果てていました。王配殿下や廷臣たちも私が理不尽を強いられていることを知っていながら、助けてはくれませんでした。私は王太女でありながら王宮内で誰にも尊重されない――奴隷のような存在だったのです」

ノルティマは続ける。ヴィンスと妹の不貞を知り、ついに我慢ならなくなって手紙を残して王宮を出た。そして、リノール湖で死にかけていたところをエルゼに助けられたのだ――と。

今でも湖の凍えるような冷たさが身体に染み付いていた。

けれど、湖の中にエルゼが現れ、焦がれ続けていた人の温もりを感じたことも鮮明に覚えている。

「リュシアン陛下が罪人？　まさか。私は命を救われただけではなく、心身が回復するまで保護していただいたのです」

そして、ヴィンスを見据える。

「それなのに、リュシアン陛下のお話を聞くこともせずに拘束、拷問……濡れ衣を着せて処刑とは……。大それたことをしでかしてくれたわね」

「違う、俺は、何も知らなかっただけだ……！」

「知らなかったでは済まされないわ。経緯がどうであれ、あなたがしたことは事実。シャルディア王国が我が国に攻め入る大義名分を与えたのよ」

「…………っ」

シャルディア王国は、軍部もきわめて優秀で、度重なる侵略戦争で領土を拡大し、繁栄を築いてきた。現在は戦争がなく平和な時代が続いているが、シャルディア王国が周辺国にとって脅威であることに変わりはなかった。

ここでエルゼがアナスタシアに対して宣戦布告したなら、戦が始まる。辺りに緊張が広がり、全員がエルゼの次の発言に注目している。

エルゼはゆっくりと、薄く形の整った唇を開く。

「そう怯えなくてもいい。こちらのふたつの条件に従うのなら、今回の件は全て――水に流してやろう」

そして、ふたつの条件のうち、ひとつ目が提示される。

「王太女ノルティマ・アントワール嬢をもらいたい」

ざわり。淡々とした口調で告げられた内容に、広間は騒がしくなった。

「せっかくお戻りになったというのに、困るわ……！」

「彼女がいなくなったら、王朝をどうやって存続させるのよ」

「ノルティマ様以外に次期女王にふさわしい者はいない。それなのに彼女を譲れなど言語道断だ」

他方、女王アナスタシアの動揺は比類ないもので、彼女の顔からみるみる血の気が引いていく。

「それだけはできませんわ。ノルティマは我が国にとって大切な存在なのよ」

「はっ、笑わせるな。少しも尊重してこなかったくせに」

「……」

エルゼの冷徹な指摘に、アナスタシアはぐうの音も出ない。

「それに先ほど言ったはずだ。あなたは、アントワール王家最後の女王になる。あなたの代でこの王朝は終わり、新たな時代を迎える。そして、それは――水の精霊国の元王エルゼの名において」

水の精霊国の元王という言葉に、人々は衝撃を受ける。

エルゼが手のひらをかざした刹那、彼の周りを水の粒子が旋回する。神秘的な光景に、息を呑む気配があちこちからした。

「そ、そんな……っ嘘よ。水の精霊国は五百年も昔に滅びたわ。精霊の寿命は三百年程度と言われている。元王が今も生きているだなんて……ありえない。ありえないわ……！」

「俺は六百年生きた。あなたたちの先祖に住処を奪われた精霊たちは悪霊となり、俺に恨みをぶつけた。俺は精霊たちに……時間を奪われたんだ」

初めて明かされた彼の生きてきた年数は、あまりに途方もない長さだった。

エルゼの寿命が長すぎること、ずっと疑問に思ってきたが、呪いと聞いてようやく腑に落ちた。

ノルティマもずっと、精霊の呪いによって苦しんできたから、呪いの恐ろしさは嫌というほど知っている。

（敬愛していた王であるエルゼにまで呪いをかけるなんて……。ならこれから先もずっと、エルゼは寿命を迎えずにひとりで生き続けなくてはならないというの……？）

これまで彼が抱えてきたであろう苦しみや葛藤を想像し胸を痛めていると、エルゼがちらりとこちらを見た。彼は不安そうな顔をするノルティマを宥めるかのように、一瞬優しげに微笑む。

だがすぐに、アナスタシアに視線を戻した。

「湖を埋め立てていなければ、この国はまだ精霊と共存し、かつてのような豊かさを享受していたことだろう」

アントワール王国は精霊たちがいたころ、今より遥かに繁栄していたとされる。彼らを失ったことで、国力は著しく低下していったのだが、アントワール王家は責任を問われることを恐れて、国中の神殿や精霊たちの像をひたすら破壊し、精霊たちの存在を人々の記憶から消し去った。

精霊を襲った悲劇を語るエルゼの表情は、深い憂いに満ちていた。

「今もなお、精霊たちはアントワール王家を憎み、国を治める資格はないと訴え続けている。――あの慰霊碑の中でな」

エルゼが指差したのは、広間の窓の向こうに小さく見える精霊の慰霊碑を囲む壁だった。

「まさか、王家の呪いに気づいて――」

「皆に、面白い事実を教えてやろう。この国の王室に女しか生まれないこと、世間では精霊の呪いと言うらしいがそれは違う。水の精霊にそのような力はないし、遺伝的な問題だろう。王家は近親婚を繰り返してきたそうだからな。本当の呪いは別にある。それは……」

「おやめなさい！」

そのとき、アナスタシアが眉間に縦じわを刻んで叫び声を上げた。

彼女の怒号が広間中に響き渡り、人々は萎縮する。だが無理もない。この国の雨の恵みが、ひとりの少女の肩に委ねられていることが知られたら、大混乱に陥ることは間違いないのだから。

そして、呪いを背負う王家の治世に、不満と不安が芽生えることは避けられない。

（呪いの事実を知られたら、王家と民衆の信頼関係は崩壊し、王座から引きずり下ろそうとあらゆ

る勢力がしのぎを削ることになるでしょう）

アナスタシアの必死の剣幕から、秘密を守らなくてはという焦りが伝わってくる。

しかしそこで、ノルティマが落ち着いた声で言った。

「王家直系の者が、精霊の慰霊碑に祈りを毎日捧げ続けなければ――この国に雨は降らない。それが、水の精霊国を滅ぼした五百年前から続く王家の呪いです。私は物心がついてからずっと、毎日欠かさず礼拝をしてきました。そして礼拝には、壮絶な苦痛が伴うのです」

ノルティマが打ち明けた事実に、人々はすっかり言葉を失っている。そして、ノルティマが失踪してから雨が全く降らなかったことに納得がいったようだ。

アナスタシアは額に手を当ててため息を吐き、ヴィンスは天井を仰いでいる。

エルゼはノルティマに寄り添いながら言った。

「精霊たちは俺の浄化を拒んだ。アントワール王家がこの国の長であり続ける限り、呪いを解こうとはしないだろう。そこで、ふたつ目の条件を提示する。女王よ、次の統治者を見定め――玉座を退け」

「なんですって……!?」

「呪いを知られた以上、その地位を維持し続けることはもはや不可能。いずれ反乱が起きて歴史から消え去るか、自主的に幕を閉じるかの違いだけだ。あるいは、シャルディア王国が侵攻を開始し、支配下に入るときを待つか……」

アナスタシアは元々白い顔を更に蒼白にさせた。そして、おろおろと視線をさまよわせながら、震える声を漏らした。

「ああ……わたくしは、どうしたら……」

五百年以上続いてきた王家の歴史に終止符を打つことなど、そう簡単に決められる問題ではない。彼女はへなへなとその場に力なく崩れ落ちた。女王らしい威厳を欠いた姿だ。ノルティマはそんなアナスタシアを見下ろしながら言う。

「この国に雨が降らなくなっても、女王陛下は政務を言い訳に祈りを捧げようとはなさらなかった。決して悪いことではありません。……誰だって、痛みを避けたいのは当然ですものね？」

「………っ」

その一言で、この場にいる者たち全員がアナスタシアに対して不信感を抱いた。

呪いの秘密、次期王配ヴィンスの不祥事、王太女への不当な仕打ち……。表面化されたこれらの問題は、王家への信頼が失われるには十分すぎるだろう。

アナスタシアは、今の王政を維持しようという度胸も勇敢さもなかった。

「………分かったわ。ふたつの条件を受け入れましょう。それでこの件は、和解にしてくれるのよね？」

「ああ、もちろん。約束は守る」

アナスタシアの後ろでリューリフは黙ったまま、ことの成り行きに任せるといった風に目を伏せている。彼はいつもそう。責任を負うのを避けて、他人任せに生きてきた。しかし、ヴィンスは納得していなかった。

「決断が性急すぎます！　五百年以上続いた我々の治世を、栄華を、ここで終わらせるとおっしゃるのですか!?　なりません！　どうかお考え直しを！」

ヴィンスの本音は、次期王配という地位を失うのが嫌なだけだ。彼の野心は見え透いている。

「もともとこの王家の基盤は……脆弱だったわ。呪いの秘密を守るために近親婚を繰り返した結果、アントワール王家には男は生まれなくなり、女たちは苦しんできた。……わたくしもそのひとりだった。もう、終わりにしましょう」

アナスタシアは目を伏せ、拳を握り締めた。

（お母様は……王に向いていなかった。そして私も）

彼女も幼いころからノルティマと同じように、次期女王として厳しい教育を施され、物心がつくころには、強制的に慰霊碑に礼拝をさせられ、苦しんできたのだった。

彼女は治世や権力にさほど興味がなく、長年の重圧に疲れ果てていた。だから、ノルティマという後継者が生まれると、自分が楽をするために多くの面倒事を押し付けたのである。

「お待ちください、本気で王位を手放すおつもりですか……!?　陛下、なりません！」

「――もう黙っていろ」

そのとき、口を開いたのは王配のリューリフだった。

「……っ」

「お前の望む地位はもう手に入らない。王太女を追い詰め、シャルディア国王に無礼を働いたことを忘れたのか？　お前にも、そして――私にも、何かを要求する資格はない。処断される覚悟をしておきなさい」

ヴィンスは茫然自失となり、その場に立ち尽くした。

アナスタシアは騎士に支えられながらよろよろと立ち上がり、決断を人々に告げた。

「シャルディア王国と敵対し、我が国に血がほとばしるのは不本意です。わたくしが退位するだけでことが収まるのなら安いものでしょう。わたくしは母としても為政者としてもふさわしくはなかった。新たに玉座にふさわしい者を据え、アントワール王家の役目は——最後にいたしましょう」

そして、最後の言葉には、心からの安堵が滲んでいた。

「これでようやく……五百年続いた精霊との因縁を断ち切れる」

女王は玉座を手放す宣言をした。

こうして、アントワール王家の歴史は幕を閉じたのである。


しかしその夜、王位を手放したアントワール家にさらなる苦難が訪れる。

「う……ぁあっ……！　痛い、痛い、痛い……助けて……！　ああっ」

騒動のあと、ノルティマが自室で休んでいたら、夜分遅くにエスターの侍女が訪ねてきた。何事かと思って事情を聞けば、エスターが突然苦しみ出したというので、様子をうかがいに行くことに。

医務室に到着したとき、寝台の上でエスターが悶え苦しんでいた。そして、その苦しみ方には心当たりがあった。

（まるで……慰霊碑に祈りを捧げているときのような……）

尋常ではない痛がり方に、見ているだけで苦しくなってくる。

すると、寝台の隣でヴィンスが、エスターを心配するのではなく、むしろ怒鳴りつけていた。

「君は一体、なんて愚かなことをしてくれたんだ!?」

「痛い、痛い……っ、は……ぁ……ひぐ、ヴィンス様お願い、助けてぇ……」

エスターは、ヴィンスの叱責など耳に入らないという様子でシーツをぎゅっと握り締め、助けて、助けてと繰り返す。そして、歯を傷めてしまいそうなほど強く、ぎちぎちと音を立てながら歯ぎしりしている。

「この状況……一体何があったの?」

「わ、分かりません」

何があったのかと侍女に尋ねても、首を横に振るばかり。エスターは庭園に出かけて自室に戻ってきてから、このように苦しみ始めたらしい。

「ヴィンス様、エスターの身に何があったのです?」

「それは――」

ヴィンスが答えかけたとき、医務室の扉が開く。そして、医務室に入ってきた――エルゼが代わりに答えた。

「その娘が、精霊の慰霊碑を――破壊した。精霊たちは怒り、その娘に苦痛を与えている」

「なんですって……!?」

せっかく、アントワール家が統治から退くということで、精霊の怒りを本当の意味で鎮めることができたというのに。ここに来て、どうしてそのような余計な真似をしてくれたのか。すると、寝台の上にうずくまっているエスターが、涙や鼻水で顔をぐしゃぐしゃにしながら言った。

「女王になれない……だけじゃなくて、王女ですらなくなる……なんて……耐えられないもの……っ。――ああっ、精霊なんて消えればいいのよ！　なのに、どうしてこんな……」

「愚かな奴め。慰霊碑にいるのは悪霊化した精霊。実体がないから、慰霊碑を壊したところでその場所に留まり続ける」

「あなたは……？」

「シャルディア王国の君主だ」

エルゼは眉ひとつ動かさず、エスターのことを見下ろしている。

彼女は涙でぼやける視界でエルゼを見上げて、懇願を口にした。

「あなたが例の元精霊王……？　それなら何とかしてちょうだい。この痛みから私を助けて……身体が張り裂けそうなくらいに、痛いの」

「――断る」

切実な願いを彼は、にべもなく斬り捨てる。

「精霊たちは廃位するアントワール家を許しても、お前のことは決して許さないだろう。その苦しみを味わうことで、己の浅はかな行動を省み、罪を贖《あがな》うといい。――精霊たちが許すまでな」

「そんな……いや、助けて……お姉様……！」

エスターの懇願の目がノルティマの方へ向く。だが、ノルティマにはどうしてやることもできない。

　するとエルゼは、泣きわめくエスターを尻目に、ノルティマに話しかける。

「ノルティマ。今から俺は壊された慰霊碑を片付けに行く。手伝ってくれるか？」

「え、ええ、もちろん。行きましょう」

　ノルティマもエスターの懇願に聞く耳を持たず、医務室をあとにする。

「待って！　お姉様……っ、いや、行かないで……！　お願いだからぁぁ……っ」

　そして、エスターの叫び声と悲鳴が、王宮中に響き渡ったのである。


　精霊の慰霊碑はエスターによって破壊され、無惨な姿になっていた。硬い鈍器か何かを何度も叩きつけたようで、ぼろぼろに崩れ落ちている。

（礼拝を捧げているわけでもないのに……ここに来た途端、身体が四方から締め付けられるように痛い。まるで、精霊たちの怒りが伝わってくるよう）

　隣に立っているエルゼが石の欠片を拾い上げ、険しい表情でそれを見下ろしていた。

「精霊たちは、まだここに留まっているの？　アントワール王家はもう滅びるのに？」

「……ああ、長い間憎しみに染まっていたから、手放し方も分からなくなっているのだろう」

「……………」

　慰霊碑を破壊した無礼きわまりないエスターへの恨みはともかくとして、もうアントワール王家は終焉を迎える。彼らがこのような場所に留まる理由はないというのに。

（いつまでもこんな場所に留まっていたって仕方がないわ。精霊たちももう自由になっていいはず）

ノルティマはぎゅっと固く拳を握り締める。

「精霊さんたちにお伝えしたいことがあります」

慰霊碑の残骸へゆっくりと歩み寄り、口を開く。届くかは分からないが、彼らに向けて言葉を紡いだ。

「私はこれまで……先祖の報いを十分受けて参りました。あなた方も苦しむだけ苦しんだと思います。今のあなた方はただ、過去に囚われているだけ。もっと、自由になっては？　誰かを呪っても決して――幸せにはなれないのだから」

ノルティマがそう告げた直後、全身に激しい痛みが走る。

拳を握る力を強めながら痛みに耐え、エルゼに問いかけた。

「精霊たちはなんと？」

「……お前に何が分かる、と」

「はっ、何も分からないわ。苦しくたって奥歯を噛み締めて耐え忍び、自分の力で乗り越えるしかないんです。人に八つ当たりしたところで解決はしません」

挑発するような言葉に精霊たちの反感を買ったのか、身体の痛みはますます強くなっていった。

「私の命を奪いたいなら、奪ってみなさい。そんなことをしたって、あなたたちは幸せにはなれない。虚しさしか……残らないわ」

ノルティマは自分の意思で崖から落ちたが、冷たい湖の中に救いなどなかった。あったのは、焦燥と孤独くらい。あのときはたまたまエルゼが現れたが、彼が来なければ自分は死んだあとも空っぽのまま、永遠に暗い湖の底をさまよっていただろう。ノルティマは運が良かっただけで、あんな救いの手が伸びてくることはそうそうない。

幸せになりたければ、一心に願い続けながら生きていくしかないのだ。

強い苦痛からくらくらと目眩がして、よろめく。

「ノルティマっ！」

「――邪魔しないで！」

支えようと差し伸べられたエルゼの手を、ぱしんと振り払う。

普段は穏やかなノルティマの鬼のような形相に、エルゼは圧倒された。全身の張り裂けそうな痛みを抱えたまま、弱い身体を鼓舞してそこに立っている。

「それ以上減らず口を利けばお前の命はないと言っている。だからやめろ、ノルティマ」

「そんな風に脅したって何も怖くないわ。怖くない。何も、怖くない――っく」

指先はかたかたと小刻みに震えているし、喉もからからに渇いている。本当はすごく怖いけれど、それでも臆することはない。

この小さな石に閉じこもっているかわいそうな精霊たちを解放するために、母親が子どもを説教するように必死に訴えた。苦痛という言葉が生易しいほどの痛み。息も絶え絶えで、意識も朦朧とする。時折視界が真っ白に塗り潰された。

（私はこんな痛みごときに、こんな不条理に屈したりはしない……）

「はっ……はぁ……、憎しみを抱き締めていても仕方ないの。あなたたちが憎んだアントワール王家はもう滅びたのよ。悲しみも痛みも全部手放して、光へ還りなさい！　あなたたちにこんな穢れた場所はふさわしくないわ……！」

王宮に囚われていたころの自分は知らなかった。世界にはエルゼのような優しい人がいて、生きるに値する幸せなことが満ち溢れていると。

何もかも諦めてしまう必要など全くない。人生を創造していくのはいつだって、自分自身だ。

「私もあなたも、みんな――自由なのよ！」

それは、ノルティマの願いだった。涙ながらに叫んだ瞬間、ぶわっと辺りに光が離散した。

あまりの眩しさに思わず目を眇める。

「精霊たちが……泣いている。王朝が終焉を迎えた今、ここに留まるのは無意味だと気づいたのだろう。あなたの言葉が精霊たちをつき動かした。自ら怒りを手放して、消えていく……」

「よかっ……た……」

光が収まっていくのと同時に、安堵して倒れたノルティマをエルゼが抱き留める。脂汗をかいてべったりと頬に貼り付いた髪を、彼がきわめて優しい手つきで退けてくれる。

「なんて無茶を……」

「平気よ。だからそんな心配そうな顔をしないで？」

「心臓が止まってしまうかと思った。精霊たちは人間とは違う。冷酷な一面も持っているんだ」

「でも……私の言葉はちゃんと届いたわ。王室最後の者としての務めをひとつ……果たせたかしら」

ノルティマは柔らかな笑みを浮かべたあと、そのまま意識を手放した。

（傷ついてきた精霊たちが、幸せになれますように……）

第六章　そして、王女は選ばれる

ノルティマが次に目を覚ましたのは、四日後だった。

目を開くと、見慣れた天井が視界に入る。そして、近くの椅子に腰掛けたエルゼが、寝台に突っ伏して眠っている。

（ずっと私の傍にいてくれたのね）

彼を起こさないように、ゆっくりと半身を起こす。そっと手を伸ばして、エルゼの長く艶やかな髪をひと束すくった。

あの夜の名残りがあるかと思いきや、少し身体が重いだけで、辛さは感じなかった。

「ん……ノルティマ？」

「ごめんなさい、起こしちゃったかしら」

ノルティマが目覚めた気配に気づいたのか、彼は顔を持ち上げた。

彼が身じろぎしたのと同時に、ノルティマの手のひらに収まっていた亜麻色の毛束がするりと抜けていく。まだ眠そうな表情のまま、どこか気の抜けた微笑みを浮かべる彼。

「それより、気分はどう？　四日も目覚めなかったんだよ」

「少し良くなったわ。あなたが何かしてくれたの？」

「神力を注いだんだ。少しでも楽になったならよかった」

「そう。ありがとう」

「今日は、部屋でゆっくりしてた方がいい。くれぐれも、無理しないように」

「……ええ」

エルゼによると、慰霊碑からは少しずつ精霊たちが消え始めているという。それでもまだ、完全に怒りを手放せずにいる者もいるらしい。こればかりは、時間が解決するのを待つしかないだろう。

そして、エスターへの怒りについては、アントワール王家への憎しみとは全くの別問題であるため、精霊たちは依然として彼女に苦痛を与え続けているとか。

ノルティマは上掛けのシーツを握り締め、おずおずと彼に尋ねる。

「アントワール王家への呪いは、王家の滅びとともに実質的に消えたと言えるわ。……でも、あなたの呪いは、どうしたら消える？」

「え……」

「あなたはこれから先も、沢山の大切な人を看取りながらひとり、生きていくの……っ？」

泣きそうな顔を浮かべると、エルゼは首を横に振った。

「いいや、俺の呪いも解けている。ノルティマのおかげで。きちんと説明しなかったせいで、不安にさせてしまったね」

そして、ノルティマの細い手に自身の手を重ねる。ずっしりとした温かな重みを肌で感じていると、彼は説明した。八年前、幼いノルティマの口付けによって呪いが解かれ、恋に落ちたのだと。

「俺の初恋だ」

「初恋……」

ノルティマの顔がかあっと赤く染まっていく。彼の金の瞳に射抜かれ、真剣な思いが伝わってきてどきどきと心臓が加速する。

「俺はあなたに救われた。だから、あなたの幸せのためになんでもしたいと思っている。あなたはこれから、どうしたい？」

ノルティマは迷わずに即答した。

「この国を出て、あなたと一緒に……シャルディア王国へ行きたい。心のまま自由に生きて――幸せになりたい」

「ああ。あなたの願いは必ず叶う。あなたを苦しめるしがらみはもうないのだから」

そのとき、自然に口をついてこんな言葉が出る。

「………私、生きていてよかった」

「その言葉が、何よりも嬉しいよ。今まで頑張って生きてきてくれて、ありがとう」

ノルティマを望んでくれる人がいる。もう自分はひとりではないのだと、これまで抱えてきた孤独が癒されていく。

過去の苦しみが浄化されるように、ノルティマの頰に熱いものが零れた。

「次の王にふさわしい者は私の息子以外におらん！」

「いいえ、私の息子の方が優秀です！　私の息子を王にしましょう」

「どちらにも資質はないと思いますがねぇ。いずれにしても、我々の命運がかかっているのですから、慎重に選ばなくてはなりません。というわけで、ここは私の子を――」

「ああ……全く、この調子では、また話が進まずに夜が明けてしまうな」

　ノルティマが臥せっている間、宮廷は大混乱に陥っていた。女王が自ら王権を手放すことを宣言し、アントワール王家の治世は終焉を迎えた。しかし、国民への対応や、その後の王をどうするかなど、廷臣たちは頭をひたすらに悩ませていた。

　今日も、会議室には廷臣たちが集まり、王を決めるための話し合いをしている。しかし、難航していた。廷臣たちの多くが、自分の子どもを王に据えて権力を得ようと躍起になっているからだ。

　思惑が交錯する会議室の有り様に、廷臣のひとりは頭を抱え、また別のひとりは窓を見ながらぶつぶつと何かを喋り、さらに別の廷臣たちが激しく口論している。

「アナスタシア様もヴィンス様も全く頼りにならない。こんなことになるのなら、ノルティマ様をもっと大切にしていれば……」

「今そんなことを言ったところでもう遅い。ノルティマ様は我々を見捨てた。そしてそうさせたのも――我々だ」

ひとりの男は眉間を指でぐっと押して、悩ましげに言った。これまで面倒事が起きたら全てノルティマに押し付けて解決させていたが、今はここにいないのだ。

するとそのとき――

「呆れた。あなたたちって、騒ぎ立てるだけで私がいないと何もできないのね？」

ノルティマは会議室の扉を押し開けたあと、小さくため息を吐く。ノルティマが眠っている間の報告はすでに受けているが、アントワール王家の終焉という大変な時期に、話し合いは全く進んでいないらしい。肝心なアナスタシアは感傷に浸っているだけで、王配やヴィンスもこの会議には参加していない。廷臣たちも、自分の仕事をサボることしか考えていない、頼りない者ばかりだった。

ノルティマは先ほど目覚めたばかりだった。エルゼの目を盗んで服を着替え、重い身体を引きずってこの場に来てみればこのざまである。

廷臣のひとりが、ノルティマの顔を見てほっと安堵したような表情をする。

「王太女殿下……っ」

「その呼び方はやめて。私はもうこの国の王族ではないわ。これからもこの国の廷臣として王宮に留まるつもりなら、あなたたち自身がこの国を運営していかなくてはならないのよ」

都合よく仕事を押し付ける存在はもう、いなくなるのだから。会議室のテーブルの中央には、女王の冠がガラスケースに入れられて展示されている。戴冠式のときに、暴徒たちに壊されたと聞いたが、修復したようだ。

アントワール王家の刻印が入った王冠など、もう必要はない。ノルティマはそれを無造作に取り出して――パキンッと真っ二つに割った。

すると、廷臣の男がひとり、小さな声で言う。

「このようなときにご自分だけ国外へ逃げるなど、無責任では」

その声を聞いた廷臣たちはうんうんと頷く。

「そ、そうだそうだ！　国民の血税で暮らしてきたくせに、恩知らずだと思わないのですか!?」

「シャルディア王国の王の交渉で自由を得たからって、あなたには我々に対する誠意がない！」

次第にその声が大きくなっていったところで、ノルティマは言った。

「私を責めたいなら責めればいいわ。無責任で結構。ずるくたって、私は自分の心を大切にすると決めたの」

リノール湖に沈んでいったとき、肌で感じた冷たさを今も鮮明に覚えている。誰かのために、物分かりがいいふりをして自分を犠牲にするのは、もう懲り懲りだ。たとえ嫌われてしまったとしても、嫌なことは嫌だとはっきり言うし、やりたくないことを無理してまでやるつもりはない。

『物分かりがいい人間でいる必要はない。ずるくたっていい。お前の人生なのだから、自分の心に従え』

そして、父に言われた言葉が頭を過った。

「そうね、確かに民の税で生活させてもらっているわ。でも私は、望んで王族に生まれたわけではない。それでも文句のひとつも言わずに務めを果たしてきたじゃない。文句を言う前にあなた方が私の代わりに王女になったら？　できないわよね、だってあなた方は、臣下としての務めすらままならなかったのだから。どうせできもしないくせに、みんないつも、口だけは達者よね。他人に偉そうなことを言う前に自身を省みなさい」

「………」

この人たちに仕事やその責任を押し付けられてきたことは、まだ忘れていない。

図星を突かれた廷臣たちは、押し黙ってしまった。

「まだ何か私に言いたいことはある？」

ノルティマが笑顔で尋ねるが、誰も何も言わなかった。

彼らが知るこれまでのノルティマは、周りの顔色をうかがって大人しくしている性格だった。したがって、ずけずけと言いたいことをはっきり言うノルティマの姿に、彼らは驚きを隠せない。

しかし、ノルティマが病み上がりの身体に鞭を打ってこの場に来たのは、この会議に参加するため。テーブルの中央の椅子を引いて、そっと腰を下ろす。

テーブルの上には、次の王の候補者の身上書が散乱している。一枚、二枚、と手に取りながら、内容を確認する。そして、廷臣たちがノルティマの姿を息を呑んで見ていた。

「だめね。アンヘル侯爵令息は、暴力沙汰を起こしてついこの間謹慎していたでしょう？　勉強が苦手で学校の成績も思わしくないとか。ラーニャ伯爵は問題外。政のことに関心がなく、大勢の妾を抱えて享楽に耽っていると有名じゃない。この人もなし。この人もなし」

この会議に参加している廷臣の血縁者ばかりが候補に上がっていた。結局、皆考えることは同じで、空席となった玉座を狙っているのだ。

ノルティマが却下した候補者の書面が、次々に廷臣の腕に積み重なっていく。話し合いにいつの間にか参加している元王女の様子に、廷臣たちはどういうわけかと困惑して顔を見合わせる。

ノルティマが彼らに威圧的な視線を送ると、彼らは一斉に姿勢を正した。

「何しているの。みんな早く、席に着きなさい。私はあなた方の言う——誠意を尽くしに、ここに来たのだから」

「……！」

この非常時に、ノルティマが国のことを見捨てたわけではないと理解した廷臣たちは、大慌てで着席していく。

ノルティマはきわめて落ち着いた表情で、パシンと手を叩いた。そして、玲瓏とした声で告げる。

「さ、会議を始めましょう」

「「はい！」」

その夜、長い会議を終えて自室に戻るノルティマ。今日はゆっくりしているようにとエルゼに言われていたのに、それを無視して部屋を抜け出したので、心配しているかもしれない。恐る恐る扉を開く。すると、テーブルの上に贅沢な食事が並んでいた。テーブルクロスは特別なレース素材に替えられ、花を活けた花瓶や装飾品も飾られている。

「これは……」

扉を開けてすぐ目にした光景に、目を瞬かせる。すると、部屋の奥からエルゼが不敵な笑みを浮かべ、こちらに歩いてきた。

「お疲れ様、ノルティマ。仕事を頑張ってきたあなたを労おうと思って、用意させたんだ」

休まずに部屋を抜け出した件について叱られると予想していたので、いつもと変わらない様子のエルゼに安心する。部屋に控えていたレディスが、恭しく頭を下げた。

「まぁ、レディス先生がお作りになったのですか？」

「僭越ながら」

「料理までおできになるなんて、先生は多芸ですね」

「いえ、それほどでも」

レディスはわずかに微笑んだ。テーブルの上には、アントワール王国では見たことがないシャルディア王国の伝統的な食事が並んでいた。すると、エルゼがレディスに「お前は下がっていろ」と指示を出し、レディスはまた優雅なお辞儀をしてから、部屋を出て行った。

エルゼとふたりきり。彼の微笑みにどこか威圧が乗っているような気がして、ノルティマは息を詰める。思わず、一歩後退した。彼はゆっくりとこちらに歩いてきて、いつの間にかノルティマのことを寝台の傍まで追い詰めていた。

ついこの間までは、ノルティマと視線が近かったのに、今ではすっかり見下ろされる側になってしまった。照明の光が彼の立派な体軀を照らし、ノルティマの後ろのシーツに大きな影を映し出す。

「俺は怒っているよ、ノルティマ」

「なんのことか、分からないわ……」

「とぼけても無駄だ。再三休んでいるようにと言ったのに、俺が目を離している隙に、部屋を抜け出して会議室に行っただろう」

　ぎくり、とノルティマの顔が一瞬歪む。

　ノルティマは言うことを聞かず、こっそりと部屋を抜け出して仕事をしてきた。部屋を出たのが午前中で、今はすっかり夜。かなり長い仕事を体調不良のままこなしてきたのだ。基本的にいつも温和なエルゼだが、その笑顔から怒りをありありと感じ取る。

　ノルティマは、母親に叱られた子どものようにしゅんと項垂れた。

「ごめんなさい……。心配、かけて……」

　気まずくなって目を逸らす。エルゼはすかさず、ノルティマの小さな顎を軽く指ですくって、無理やり目を合わさせた。

「謝るならちゃんと目を合わせないと。本当に反省しているかどうか分からないな」

　間近で彼の美しい双眸に見つめられ、ノルティマはのぼせ上がるように紅潮した。反省しようにも、心臓の音がうるさくてそちらに意識が向いてしまうではないか。どうかその目で見ないで、と心の中で訴えかける。

　正直なところ、まだ大人の姿のエルゼに慣れていない。こんなに美しい男性は周りにいなかったから尚更だ。この世のものとは思えない艶やかな美貌が、ノルティマを翻弄する。

「悪い子には、お仕置が必要かな？」

「お仕置って……。あ……の、……だか、ら……」

ノルティマは耳の先まで赤らめながら、エルゼを自分から離す方法を必死に考えた。そして、もごもごと口を動かし、どうにか説得を試みようとする。

「反省……してる、から――わっ」

エルゼを両手で押し離そうとしたとき、バランスを崩して後ろの寝台に倒れる。咄嗟にエルゼの服の胸元を掴んでしまい、彼も一緒に倒れた。

エルゼはシーツに両手をついたまま、こちらを見下ろす。エルゼの長い髪が一束、ノルティマの頬を撫でた。

男性に寝台で組み敷かれるという予想外の状況に、ノルティマの頭は真っ白になってしまった。言葉など何ひとつ見つからず、息をするのも忘れて、ただエルゼのことを見つめた。

（心臓の音、うるさい……）

終始どぎまぎしているノルティマに対して、彼は一切の動揺を感じさせず微笑んでいる。しかしその笑顔から、こちらの反応を面白がっているのが滲み出ていた。エルゼはたまに、ノルティマをからかって楽しむきらいがあるのだ。ノルティマはなけなしの平常心を掻き集め、顔を横に向けて言った。

「どうせ、私以外の王族は頼りにならないわ。いつだって、私があの人たちの尻拭いをしてきた。

でも私は、お母様たちのように責任放棄はしない。この国の王族として生まれた最後の務めを果たすわ。王朝に終止符を打つきっかけを作ったのは……私だしね。でも安心して。もう、無理をするつもりもないから」

そこでエルゼはようやく、身体を起こした。エルゼは寝台の端に腰掛け、ノルティマは寝台の上にちょこんと座った。

「体調は？　今日ずっと、心配していた」

「……平気よ」

「そう、ならいい。俺が一番心配していたのは、あなたの体調のことだから。ああ、それから――」

立ち上がった彼の甘美な囁きが、鼓膜に直接注がれた。

「初心なのもかわいいけど――早く慣れてくれないと困るよ、お姉さん」

「～～～っ」

ノルティマは熱くなった片耳を押さえて、身体を跳ねさせる。ノルティマが大人の姿になった彼に恥じらっていることは、見透かされていたのだ。完全に手のひらの上で転がされている感じがする。

廷臣たちと話していたときは、体調が優れない中でもそれを感じさせないように、堂々と振る舞えていたのに、エルゼの前では調子が狂ってばかりだ。

そのあと、ふたりはテーブルで向かい合いながら夕食を食べた。初心だとからかわれ、恥ずかしさのあまり入れる穴を探しに行きたいところだったが、必死に思い留まった。

エルゼは丁寧な所作でナイフを使い、鹿の肉を食べていた。ノルティマも食べてみると、舌の上でほろほろと蕩けていった。赤ワインで煮込まれているだけではなく、ハーブで香り付けされているため、鹿の生臭さが全く気にならない。クセが少なく、柔らかくて美味しい。

すると、エルゼがおもむろに言った。

「それで？　次の王は決まったの？」

ノルティマは首を横に振る。

「残念だけれど、なかなか思い通りにいかないわね。廷臣たちは、自分の身内を王にして権力を得ようと躍起になっている」

「なるほどな。どうりで話し合いも難航するわけだ。権力争いほど醜いものはない。だが、政権が変わるとき、人間たちがそのようなくだらない争いを繰り返してきたのもまた事実」

会議室に集められていた身上書のほとんどが、廷臣たちの血縁者だ。このまま放っておけば、過激な争いに繋がりかねない。まともな廷臣もいるが、欲望にまみれた薄汚い人間の巣窟——それが宮廷だ。

「それでね。しばらくは私——王宮に留まろうと思ってるの」

ノルティマはフォークを置いて言った。エルゼはカップを持つ手をぴたりと止め、「そう」とだけ答える。

「驚かないのね」

「あなたならそう言うんじゃないかって思っていたから。止めたって聞かないんだろう？」

「……全部、お見通しね」

ノルティマは目を伏せて苦笑を漏らす。

「正直に言うと、すっごく面倒だなって、思ってる」

「ああ、そうだね」

エルゼがアナスタシアと交渉したことで、ノルティマには今すぐにでもこの国を離れる権利が与えられた。けれど、それはノルティマが望む形ではない。この状況のまま国を出たらきっと、罪悪感に苛まれるだろうから。人には変えられないものがある。それは——宿命だ。どんなに足掻いたとしても、ノルティマが王族に生まれた事実は覆らない。

だが、狭い王宮の中で過ごしていたノルティマは、外の世界に優しい人たちがいることを知った。旅をする中で、はっとするような人の冷たさを垣間見ることもあったが、それ以上に——温かさに触れてきた。

凍りついていたはずのノルティマの心に、今では温かくて透明な何かが満ちている。

この国や民のためにできることをしたいという、義務感を超えた愛情や慈愛が、ノルティマの中に確実に根付いていた。ただ、義務感だけでここに残るわけではない。誰に感謝されずとも、敬われずとも、ノルティマが真心を尽くしたいだけ。

「でも、やるべきことを終わらせて、すっきりした気持ちでこの国とお別れしたいの。だからもう少しだけ、待っていてくれる？」

ノルティマの覚悟を決めた表情を見たエルゼは、柔和な笑みを浮かべて頷いた。

「もちろん。俺はいつでもあなたの意志を尊重するよ。——そうだ、ついさっき、あなた宛に手紙が届いていたよ」

「手紙？　誰から？」

「あなたの——友達から」

びっくりして封筒を受け取ると、セーラの名前が書かれていた。旅の途中、宿屋で出会った少女だ。中身を確認してみると、ソフィアからノルティマが王女であることを聞かされ、心配して手紙を送ってくれたらしい。遠くにもノルティマを気にかけてくれる人がいることに、心が温かくなる。

便箋には十五歳にしては流麗な筆跡で、『何かあったら相談してね』と書かれていた。

ノルティマは便箋を大切そうに握り締めながら、目を細めた。

（返事……書かなくちゃ）


数日後。エルゼはノルティマを残して、シャルディア王国へ一度帰ることになった。

王宮のパーティーという公の場で、水の精霊国の元王が現在のシャルディア王国の王であることを多くの人に打ち明けてしまった以上、シャルディア王国の民にも事の経緯を説明しなければならないだろう。情報を耳にした民衆の混乱は、想像にかたくない。そしてこれから、その騒動の対応に追われるであろうレディスは頭を抱えていた。

ノルティマは、アントワール王家の後の指導者をどうするのか、廷臣たちと一緒に悩むことになる。次の王が決まり、仕事の引き継ぎを終えたら――本当の意味で自由の身となる。

そして、エルゼはノルティマの元を離れたがらなかったが、レディスの意向によりほぼ強制的に一時的な帰国となった。

船の梯子の前で、彼と別れを交わす。

「どうか気をつけて。しばらくのお別れだけど、私もいずれシャルディティアへ向かうわ」

「…………」

「エルゼ？　どうして黙っているの？」

「やはり帰国はやめる。あなたの傍にいる」

「もう。これ以上レディス様を困らせてはだめよ」

子どものように拗ねるエルゼがいじらしいが、ここは心を鬼にしてぐっと堪えなければならない。それにしても、こうしてノルティマに甘く懇願してくるところは、大人の姿に戻ったのに少年のときと変わらないままだ。

ノルティマが諭すと、彼は小さく息を吐いて言った。

「分かってるよ。最低限、国家への誠意は果たすつもりだ。あなたも頑張っているからね」

本当はすぐにでもこの国を出たかったが、最後まで王家の者として責任を果たすつもりだ。

「……本当に良かったの？　あなたの正体が精霊であることを人々に打ち明けて……」

「別に構わないさ。隠す気は元々俺にはなかった」

「……そう、ならいいわ」

かもめが飛び、さざ波を打つ海面をぼんやりと眺めながらノルティマは呟く。

「この国はこれから……どうなってしまうのかしら」

アントワール王家が治める時代は、決して豊かとはいえなかった。精霊の恩恵を受けられないため、他国より作物の育ちが悪く、人々の平均寿命も短かった。とはいえ、それなりに平和に運営されていたのも事実。

新しい王が登場し、アントワール王国はどうなるのか、という一抹の不安が胸に残っていた。するとエルゼは、ぽんとこちらの肩に手を置いた。

「終わりがあれば始まりがある。それが世の中の摂理というものだ。新王朝の治世もまた、悪一辺倒になることもなければ、良いことばかりでもないだろう。そういうものさ」

「物事は表裏一体だと……以前あなたが教えてくれたわね」

「そうだよ。俺の呪いもまた祝福だった」

「祝福……？」

水の精霊国が滅んだあと、精霊たちに呪いをかけられて時が止まってしまったエルゼ。死ぬことができずに長い長い人生を生きていた彼だが、ノルティマという幼い少女に出会ったことで、呪いは消失した。

「理不尽で馬鹿げた呪いだと思っていた。仲間だったはずの精霊たちを憎んだこともあった。だが、そのおかげで、たったひとつの恋を見逃さずに済んだんだ」

ノルティマも、婚約者や女王、廷臣たちに仕事を押し付けられて心身をすり減らしていた。ずっと苦しくて、疲れきっていて、消えてしまいたいと思っていた。けれどその苦しみの果てに、あの湖の中でのエルゼとの出会いがあったのだ。ノルティマがずっと幸福であったなら、彼と過ごす時間を尊く感じることも、彼を呼び出すことすらなかったかもしれない。そういう意味では、ノルティマが味わってきた呪いのような辛苦は、祝福に繋がっていたと言えよう。

「あなたに出会える人生か出会えない人生を選べるのなら、たとえもう一度数百年生きることになったとしても――前者を選ぶ」

ノルティマもまた、精霊たちが彼に生き延びる力を与えてくれて、こうして巡り会えたことをありがたく思っている。

そしてエルゼはその場に跪く。彼はノルティマの細くしなやかな手をそっと取った。手を握りながら真摯に語る。

「ひと目惚れしてから八年が経ち……成長したあなたと過ごして、清く崇高なあなたにより恋い焦がれるようになった。俺はただ、あなたが笑顔でいてくれたらそれでいい」

「私には……恋心が何かもまだよく分かっていない。でも、あなたのことが好きよ。エルゼ」

「ああ、今はそれで充分だ。――今はね」

今は、という言葉を強調する彼。長い睫毛に縁取られた金の双眸に射抜かれ、心臓がどきんと跳ねる。

「あなたは俺の——救いそのものだ」

その刹那、ノルティマの胸がきゅうと甘やかに締めつけられた。その切なさが恋であることが、恋愛に疎いノルティマにはまだ理解できなかった。

「私は……精霊のことが怖かったわ。けれど、精霊が痛みだけではなく良いものを授けてくれる存在でもあるのだと……あなたに出会った今なら信じられる。精霊も人と同じで、思いやりをもって接すればきっと心を通わせられるはずだって……」

精霊たちによってノルティマは長らく苦しんできたが、それはもう過去のことだ。精霊がただ怖い存在でないことは、エルゼと過ごして分かるようになった。

ノルティマはエルゼと繋いでいない方の手をかざし、唱えた。

「——水《アクア》」

するとそのとき、手のひらに小石くらいの水の玉が浮かぶ。

これまで一度として精霊術を使うことができなかったため、ノルティマはびっくりして大きく目を見開き、エルゼを見る。

「できたわ……！　見ていた!?」

「うん。見ていたよ。ようやく精霊への恐れを手放せたみたいだな。やったね、ノルティマ。これであなたも精霊術師だ」

「ええ。嬉しいわ」

初代アントワール国王は、精霊をこよなく愛する優秀な精霊術師だったという。その血を受け継いでいるノルティマも、いつか立派な精霊術師になれるだろうか。

「これからは精霊たちがこの国をより豊かにしてくれるだろう」

彼は握ったままのノルティマの手にそっと顔を近づけていき、その甲に口付けをした。

甘やかな痺れと熱が、唇の触れた場所から全身へと広がっていく。

「きゃっ、エルゼ……!?」

「――元精霊王の加護をあなたに。あなたが呼べば、いつどこにいても精霊の姿となってすぐに駆けつける。もう二度と、誰にもあなたを傷つけさせはしない。頼りないが、こいつを傍に置いておくといい」

エルゼが指をかざすと、水の粒子がどこからともなく現れて、白い小鳥の姿を形作っていく。彼らはエルゼが生み出した式霊だ。ノルティマが手を伸ばすと、式霊は頬を指に擦り寄せてきた。本物の鳥と違って、ひんやりとしていて冷たかった。

「……ありがとう。心強いわ」

また、シャルディア王国の騎士たちが数名、ノルティマが蔑ろにされていないか監視するためにアントワール王国に残ることになっている。これで以前のようにノルティマにぞんざいな扱いをする者はいなくなるだろう。

「まあ、呼ばれなくても様子をうかがいに来るけどね」

「それなら少しも寂しくないわね」

ふたりがにこりと互いに微笑んだとき、船の上からレディスが「急いでください」とエルゼのことを急かした。

「――それじゃあ、またね。ノルティマ」

「ええ、また」

エルゼを乗せた船が出港したのを見送り、ノルティマは踵を返す。

王宮に帰ったら早速、廷臣たちと次の一手を考え始めなくてはならない。

元女王アナスタシアはというと、地位を手放したあとは権力と程遠いところで生きていくことになる。ヴィンスは実家に、ノルティマを不当に扱っていたことや異国の王族を拷問にかけたことを知られ、一族の恥だと絶縁を言い渡されて途方に暮れているとか。拷問の件はまもなく裁判が行われるが、恐らくは極刑が言い渡されるだろう。

他方、エスターは今も私室で、アナスタシアの看病を受けながら、精霊の呪いに苦しみ続けている。

シャルディア王国の国王の庇護下にあるノルティマはともかく、新王朝が始まれば、旧王家は確実に敵視されるだろう。王朝が変わるとき、旧王家の血を引く者たちが次々と不審な死を遂げるのは、よくあることだ。アナスタシアたちが粛清の憂き目に遭うかは……まだ誰にも分からないけれど。そして、国の水源のために身を犠牲にして礼拝を捧げていた健気な王太女を追い詰めた身勝手な者たちを、国の人々は非難している。

アントワール王家の治世はこれで終焉を迎える。精霊の呪いも消えた。

ノルティマは最後の仕事を終えたら、シャルディア王国に渡る。次期女王ではない、ただのノルティマとして、自分の心に寄り添いながら生きていくのだ。

（何があっても大丈夫。私はもうひとりぼっちではないのだから）

ノルティマはそっと手の甲を撫でる。

どんなことがあっても、もう諦めたりしない。奇跡を信じて、しなやかに未来を切り開いていこう。

これまで王宮が大嫌いだったのに、希望を新たにしたノルティマの足取りはとても、軽やかだった。

あとがき

こんにちは、曽根原ツタと申します。

この度は、『選ばれなかった王女は、手紙を残して消えることにした。①』をお手に取っていただき、誠にありがとうございます。

まず、冷遇されてきた王女と、数百年を生きる偉大な元精霊王との組み合わせを書けたことがとても楽しかったです。波乱万丈で憂いを帯びた女の子も、飄々としていて掴みどころがない男の子も大好きなので、ノルティマとエルゼはお気に入りのキャラクターです。


本作のヒロイン、ノルティマは割とネガティブな性格をしています。大切なのは、常にポジティブでいることではなく、ネガティブな感情にも「そうだね、辛いよね」と共感して受け入れてあげることじゃないかなと思います。自分の感情に寄り添ってあげると、色んな抵抗がなくなって物事がスムーズに動いていき、いつのまにか心地良い環境に収まっているものではないでしょうか。ノルティマはずっと自分の心を押し込めていましたが、冷たい湖の中で本当の心の叫びに気づいた瞬間、運命が動き出しましたよね。無力感、怒り、嫉妬心、劣等感や憂鬱といったネガティブな感情も、大切に掻き集めて、素晴らしい未来へ向かうための燃料に変えれば、決して無駄になりません。日々、大変なことは沢山あると思いますが、皆さまがご自分の気持ちに寄り添いながら、少しでも心軽やかに毎日を過ごしていけるよう願っています。皆で幸せになりましょう！

続いて、謝辞を述べさせていただきます。担当編集様には、私の思いに寄り添い、細やかにサポートしていただきました。おかげでずっと楽しく、一緒に作品作りができて幸せです。誠実に対応してくださり、心から感謝しています。

早瀬ジュン先生、率直に言って大好きです……！　私の創作活動において、早瀬先生にイラストを描いていただくことが大きな夢でした。百回くらい擦《こす》り続けているネタなのですが、本屋さんで「装画・早瀬ジュン」の文字を見ては、嫉妬のガチ涙を流すくらい憧れていました。好きな絵師様を聞かれると、真っ先にお名前を挙げていたのですが、今回ご縁があって感動に胸を焦がしております。キャラデザ、カバーや口絵、全てがとびきりかわいくて美しくて大好きです。本作を素敵すぎるイラストで彩ってくださり、ありがとうございました。

ちなみに、このお礼の文章は、憧れを拗《こじ》らせるあまり早瀬先生にイラストを担当していただく妄想をしながら数年前に書いたものなので、無事に供養（？）できて本当に良かったです。

多くの方にお世話になりながら、この作品を届けることができました。お力添えいただいた全ての方々に感謝するばかりです。そして、お手に取ってくださった皆さまにも、最大限の感謝を。
コミカライズもとんでもなく素敵に制作していただいているので、私と一緒に楽しみにお待ちいただければと思います。

それでは、またお目にかかれますように。

選ばれなかった王女は、手紙を残して消えることにした。①

発行 ―――――――――― 2025年5月1日　初版第1刷発行

著者 ―――――――――― 曽根原ツタ

イラストレーター ―――― 早瀬ジュン

装丁デザイン ――――― 村田慧太朗（VOLARE inc.)

発行者 ――――――――― 幕内和博

編集 ―――――――――― 川井月

発行所 ――――――――― 株式会社アース・スター エンターテイメント
〒141-0021　東京都品川区上大崎 3-1-1
目黒セントラルスクエア　7F
TEL：03-5561-7630
FAX：03-5561-7632

印刷・製本 ――――――― 中央精版印刷株式会社

ISBN 978-4-8030-2116-5